W0283532

Première **pierre**

ISBN : 978-2-915922-48-6

© Colonna édition, 2011
Jean-Jacques Colonna d'Istria
La maison bleue - Hameau de San Benedetto
20167 Alata – Tel. 06 75 33 50 49 - Fax 04 95 25 30 67
Mail : colonnadistria.jj@wanadoo.fr
www.editeur-corse.com

© Tous droits de reproduction, d'adaptation et de traduction
réservés pour tous pays.

Première **pierre**

Annie **Drimaracci**

Colonna édition

Pour Jéromine, Elia et Sofia

*Ce récit, sur des fragments de réalité, tente de reconstruire
et faire revivre une mémoire effacée, en renouant quelques liens
avec un homme du passé, pour lui donner une présence dans le cœur
et dans l'âme d'un lieu qu'il a tant aimé.*

Seul le temps est responsable de l'oubli.

— I —

D'abord il y a un nom, un nom compliqué, les gens ont du mal à le prononcer, à l'écrire ; il faut le dire ou l'épeler lentement pour qu'ils y arrivent, en s'y reprenant souvent à deux fois. Elle trouve amusante cette difficulté, et il lui plaît dès l'enfance qu'il soit un peu différent de ceux que l'on a coutume d'entendre, une sorte de signe distinctif, de résistance première aux habitudes, aux consonances familières. À la fois un peu rocailleux et musical, il peut être fluide si l'on passe sans buter le cap des deux premières syllabes. Il vient de Grèce, a transité par l'Italie avant de s'établir sur la côte Ouest de l'île. C'est un nom qui ressemble au village où se sont installés autrefois ceux qui le portaient : un peu abrupt et d'un accès difficile, construit sur les rochers surplombant la mer qui entoure, protège, berce, enferme. Elle l'aime aussi bien sûr parce que c'est celui de son père, ce qui la relie concrètement à lui, une sorte de cordon ombilical en somme. L'île est en elle par ce premier lien « de naissance » avec la Corse, même s'il est ténu, dilué, enfoui dans les habitudes continentales, dans une forme d'effacement. Il est là comme un tout petit signe d'appartenance, d'insularité. Une sorte de repère, de lumière diffuse qu'elle percevra intuitivement avant de l'éprouver dans toute sa réalité l'été de sa huitième année, lors de son premier voyage en Corse. Cette arrivée, ce séjour d'un mois sur l'île sont gravés dans la mémoire d'enfance ; certaines images de cette époque plus nettes que celles de séjours plus récents. Le temps n'a pas été facteur d'oubli, de dissolution.

Ils arrivent tous les trois un soir au coucher du soleil, le bateau accoste sur le port d'Île Rousse la bien nommée, surtout à cette heure du jour. La petite fille et ses parents, avec la 4 CV qui sort de la cale du navire dans la file de voitures. En franchissant le pont-levis métallique qui les sépare de la terre ferme, les voitures produisent un claquement sec en deux temps au passage des roues et ce fracas s'amplifie, se démultiplie en résonnant sourdement en elle et dans les profondeurs caverneuses des garages dont le sol tremble sous les vibrations en écho. C'est très impressionnant et depuis lors, à chaque traversée, comme un rituel de passage à la fois solennel et familier, d'un lieu à l'autre. Le voyage en mer dure le temps de se détacher de la réalité familière avant l'entrée sur la *terra incognita* avec l'ouverture du ventre du navire. En sens inverse au retour, le même grondement martelé par le bruit sec des roues sur la plaque de métal résonne comme une porte claquée sur le rêve, le retour à la vie réelle, à ce quotidien qui n'est pas forcément la vraie vie.

Puis la voiture longe lentement le quai surplombé par une digue sur laquelle des promeneurs ou des gens venus attendre leur famille, des amis, les regardent passer en leur faisant des signes de la main. L'arrivée d'un bateau à cette époque est encore un petit événement, un repère dans le cours de la semaine.

Très vite dans les minutes qui suivent, nez au vent, toutes vitres baissées, elle découvre l'odeur du maquis dans un souffle d'air chaud ; elle adore instantanément ce parfum de plantes séchées par le soleil, aux essences mêlées qui l'enivrent. Son père lui avait dit qu'un Corse pouvait ainsi reconnaître son île les yeux bandés, en respirant simplement les effluves du maquis ; elle comprend.

L'atmosphère est électrique, la chaleur lourde, le ciel orageux. Ils prennent quand même la route en direction de Cargèse, pensant trouver un hôtel moins cher après Calvi, un peu plus loin. Et ils ont tort ; son père n'est pas venu en Corse depuis des années ; il a oublié que les distances ici ne se chiffrent pas en kilomètres mais en heures, oublié l'état des routes, et qu'entre Calvi et Porto, le long de la côte, on traverse une région désertée par les hommes. En peu de temps il fait nuit, des éclairs zèbrent le ciel de toutes parts jusqu'à l'horizon ; très vite ils sont pris dans un orage d'apocalypse sur une route déserte qui surplombe dangereusement la mer. Une lumière blanche irradiante presque continue envahit la nuit, donne à voir le précipice, les falaises, le chaos de rochers. La petite fille à l'arrière de la voiture est terrifiée. Pendant des années restera pétrifiée devant le moindre orage, en proie à une peur panique. Son père, qui songe au risque du moteur noyé sous les trombes d'eau, vante d'un ton faussement enjoué l'hospitalité corse et promet qu'ils seront accueillis à bras ouverts dans la première maison qu'il trouvera sur son chemin. Deux ou trois fois, il ira tambouriner en vain sur la porte d'une ferme isolée, se protégeant tant bien que mal de la tempête avec son inévitable imperméable gris en plastique transparent.

Beaucoup plus tard ils finiront par trouver refuge dans l'auberge d'un village joyeusement investie par des campeurs en déroute, et elle s'endormira enfin rassurée en entendant de la chambre au loin leurs rires et leurs éclats de voix.

Le lendemain matin, ciel clair, temps splendide. Elle a eu si peur la veille, épouvante accrue par l'inquiétude mortelle de ses parents, qu'elle est enchantée de découvrir l'auberge au grand jour, son bougainvillier éclatant sur la façade, elle n'a jamais vu une plante aussi belle, les palmiers du jardin, tout le village dans cette luminosité, cette netteté d'après la pluie et se réjouit de faire la dernière partie du trajet jusqu'à Cargèse sous le soleil. Ils sont sauvés, c'est tout ce qui importe et elle savoure la douceur du moment.

Et au détour de la route, au premier virage, c'est quelque chose de fulgurant ; ce matin-là constitue sans doute un des points d'ancrage de son attachement : elle a huit ans et elle découvre l'île lointaine qui sommeillait encore en elle à travers les représentations un peu floues qu'elle en avait de la parole paternelle. L'île s'impose, déploie sa beauté : la mer étale, d'un bleu absolu, découpe à perte de vue les côtes rocheuses, dessine baies ou criques de sable fin. Sur le ciel d'été limpide après l'orage, le maquis exulte de couleurs et de senteurs. Avec la force d'une évidence, les images entrent en elle et s'impriment pour toujours dans ces premiers instants de ravissement qui se prolongent tout au long de la route vers Cargèse. A chaque tournant qui surplombe la mer, elle s'enchante de nouvelles splendeurs et supplie son père de s'arrêter pour la laisser contempler, ce qu'il fait volontiers, heureux de son enthousiasme, fier aussi sans doute de la capacité d'émerveillement de sa fille, si jeune encore.

Et moi, en écrivant ces lignes à près de cinquante ans de là, je la vois distinctement descendre de la voiture en short, chandail et baskets, cette fillette que j'étais, je suis près d'elle à la toucher, tandis qu'elle s'approche du muret qui borde la route, je sens battre son cœur quand se déroule devant elle cette vision d'autant plus saisissante qu'elle si petite devant cette immensité ; elle frissonne d'émotion, je la suis pas à pas, je sais bien que c'est là en effet que tout se joue, je suis là, légèrement hors cadre, avec le temps l'image n'a rien perdu de sa netteté sur l'objectif de l'appareil photographique intérieur. Je peux anticiper, bien sûr puisque je connais la suite. Je sais que cette première rencontre n'aura pourtant rien d'idyllique. L'orage terrible est passé, et cette beauté maintenant lui saute aux yeux ; elle aurait pu, dans l'insouciance de l'enfance, regarder distraitement le beau paysage à travers les vitres de la voiture, en poursuivant ses jeux ou sommeiller après une nuit si courte et mouvementée, mais c'est aussi inexplicable que la naissance d'un amour, cette île surgit, s'impose à sa vue et à jamais elle la prend avec elle à ce moment-là, en remontant dans l'auto.

Je la vois distinctement ouvrir la portière de la vaillante petite voiture qui a résisté aux intempéries, monter à l'arrière, il y a toujours une couverture à carreaux sur le siège, et le plafond, les parois sont tendus d'une feutrine gris souris ; je la vois encore un peu plus tard arriver à Cargèse. Je redécouvre avec elle le village comme il lui est apparu, avec ses ruelles méditerranéennes, ses orangers, palmiers, figuiers derrière les murs des jardins, l'église latine et sa sœur grecque, qui se font face par-delà les jardins, dans un silencieux dialogue de deux siècles. Leur logement se trouve juste en face de l'église de rite byzantin ; le vieux pope à barbe blanche habite à quelques pas de là. Il est coiffé d'une curieuse toque noire, parle grec, sa langue maternelle, et le français avec un accent qui n'est pas celui des gens d'ici. En quelques jours, elle se familiarise avec le village où elle se promène seule ; en dehors de la plage, passe le plus clair de son temps à jouer devant l'église, entre les racines noueuses de l'arbre centenaire qui devient sa « maison ». Je ne peux rien faire d'autre que la suivre, l'histoire a déjà eu lieu, je n'en changerai pas le cours. Avec sa mère elle ramasse toutes sortes de petits coquillages sur la grande plage du Peru, et après, fabrique comme elle le lui apprend, en calquant ses gestes sur les siens, de petites poupées en assemblant les coques striées avec de la colle en tube. Des heures, elle reste dans l'eau, se fait rouler par les vagues, elle vient juste d'apprendre à nager : avant le départ du bateau à Nice, ils s'étaient arrêtés sur la plage de galets longeant la Promenade des Anglais. Et en quelques secondes, aidée sans doute par l'imminence de leurs vacances corses, la densité de sel, les encouragements chaleureux de son père, elle s'était soudain sentie flotter. Elle avait été saisie d'une joie euphorique en comprenant qu'elle savait désormais nager, tout comme la première fois où elle avait réussi à se tenir en équilibre sur son petit vélo à deux roues. Parfois ils visitent des villages de montagne, en compagnie de leur propriétaire et sa petite fille, Noëlle, Natalia en corse, plus jeune qu'elle et qui veut toujours la suivre.

Il y a cette joie, cette extraordinaire découverte dont elle a intuitivement conscience, cette beauté qui s'offre à elle et lui ouvre un monde, et la violence aussi, n'oublions pas l'orage, l'orage et le beau temps, la vie et le danger, et moi je sais et ne peux rien éviter, rien de ce qu'elle aime jamais ne lui sera simplement donné, on lui donnera oui, et beaucoup parfois, mais il y aura toujours un prix à payer, rien sans contrepartie, et le bonheur il faudra venir le chercher sans avoir peur de ses revers, comme si une fée jalouse en avait décidé ainsi devant son berceau. Le film qui se déroule sous mes yeux sur l'écran invisible, auquel impuissante j'assiste, est comme une scène primitive à l'ouverture d'un conte, qui détermine tout le parcours du petit personnage : ici les dés sont jetés.

Elle partage ses jeux avec deux fillettes rencontrées sur la plage, et les parents sympathisent comme on dit, on va prendre l'apéritif chez eux, c'est à côté, une villa près de la mer, et tandis que les adultes conversent je la regarde s'amuser, le gros chien de la maison couché près d'elle ; les petites filles à présent un peu plus loin, et elle, vaguement inquiète, pressentant la menace, continue bravement à jouer, pose une poupée, (pour la faire dormir ?) en prend une autre en parlant au berger allemand pour se rassurer sans doute, et lui montrer ses bonnes intentions ; je voudrais lui crier de prendre garde, il bondit, que puis-je faire, lui saute à la gorge, pas le temps de terminer sa phrase interrompue par son cri, est-ce le cri qui arrête l'animal ? En tout cas personne d'autre ne l'entend, les grandes personnes discutent de l'autre côté de la maison, ou a-t-il confusément senti son erreur d'appréciation, (oui, c'est vrai, fausse alerte, rien à garder, là, où avais-je la tête, une enfant), ou encore s'agissait-il de ce que l'on peut considérer comme un *simple avertissement*, toujours est-il qu'il retourne se coucher à trois pas de là. Elle avance sur le chemin de terre qui fait le tour de la maison, et moi je n'y peux toujours rien, je voudrais la porter, la prendre dans mes bras, je flotte à côté d'elle, de ses petites mains serrées sur son cou je vois couler le sang, entre ses doigts, sur ses jambes, je vois le groupe des parents qui la regardent arriver, se lèvent dans le même temps, et à leurs regards, leurs cris étouffés elle comprend que c'est grave, son père la soulève et la pose sur le capot de la voiture, l'affolement sans doute — elle tient ses mains toujours convulsivement serrées sur son cou — il la supplie de le laisser regarder, doucement il parvient à déplier les petits doigts, on apporte une compresse, comme on peut on colmate la « boutonnière », (je me souviens de ce mot, mais employé par qui, mon père peut-être, ou le médecin un peu plus tard, l'agrémentant d'un qualificatif supplémentaire, en connaisseur, commentant la blessure en l'inspectant : *ah oui, c'est une belle boutonnière,* j'ai oublié) ; ils partent précipitamment.

Le reste est un peu flou, difficile un dimanche d'été dans les années soixante de trouver un médecin, je me demande à présent pourquoi ne pas être allés tout de suite à l'hôpital d'Ajaccio, ce n'est pas si loin, enfin ils finissent par trouver dans Cargèse un docteur en vacances qui lui fait un premier pansement, l'hémorragie est arrêtée, il désinfecte la plaie sur laquelle il répand ensuite une couche de poudre blanche ; à trois millimètres près, elle avait la carotide coupée, déclare-t-il, beaucoup de chance, mais il faut aller à Vico pour que le médecin de garde recouse la plaie et lui fasse une piqûre antitétanique, et les voilà repartis sur les routes de montagne que les intempéries ont parfois transformées sur plusieurs kilomètres en pistes non goudronnées, criblées de nids de poule, elle a mal dès qu'elle tourne un peu la tête, *est-ce que je vais mourir, maman ? J'ai peur de mourir*, j'entends encore résonner ces mots, sa petite voix vibrante d'angoisse, et la voix blanche de ses parents qui tentent de rassurer, ne faisant qu'aggraver l'inquiétude jusqu'à une peur panique. Et là encore, invisible témoin, moi qui connais une partie de la suite je voudrais la bercer, lui dire de ne pas s'inquiéter, qu'elle ne va pas mourir aujourd'hui, qu'elle grandira, deviendra adulte, aura des enfants à son tour, je voudrais prendre la place de sa mère ou son père ce jour-là pour trouver les mots qui apaisent, chassent l'effroi, et c'est impossible, j'arrive et pour cause après la bataille, elle s'en sortira, mais pour le reste il est trop tard, ce qui lui est donné à un si jeune âge de la vie, après le ravissement du premier jour, c'est la conscience d'être mortelle et la peur qui l'accompagne, l'acuité de cette conscience avec laquelle désormais et à jamais elle devra composer.

Cet « avertissement » du chien, une initiation brutale qui prolonge celle de l'orage, préfigure les limites qu'il ne lui sera pas donné de franchir dans cette île. Elle l'encaisse ; comme elle pourra, s'arrangera avec cette violence. La douleur physique pendant plusieurs jours redoublant l'inquiétude latente, dans la solitude elle devra bien l'apprivoiser, à la longue trouvera les gestes qui lui éviteront la sensation de déchirure, positions, mouvements de compensation, tout faire doucement, réfléchir avant de bouger, pour ne pas tendre les muscles du cou ; allongée elle mettra au point une technique efficace pour se redresser en prenant appui sur son coude droit avec sa main gauche, peu à peu apprendra ainsi à tenir en respect l'angoisse, sans se laisser submerger.

Pour sa première leçon corse, l'expérience est un peu rude, mais elle conservera le rêve intact. Toute son enfance elle saura faire la part des choses, le douloureux apprentissage ne l'empêchera pas d'aimer cette île, d'en garder la lumière du premier regard et de souhaiter ardemment y revenir. L'île en elle sera là, aussi sûrement là en elle que cette petite trace inscrite pour toujours au plus tendre de sa peau.

— II —

Ce chien de garde à l'entrée du secret me dit maintenant autre chose bien des années après, résonnant comme un leitmotiv. D'autres avatars surviendront. Je repense à cette après-midi, sur la plage de Stagnoli métamorphosée, battue par un vent chaud, où nous étions restés des heures dans les vagues avec les enfants. L'expérience était étonnante pour eux : ils n'avaient connu jusqu'alors que la douceur du lieu et la transparence de l'eau. Peu à peu, comme plusieurs autres enfants qui se trouvaient là et tout aussi surpris qu'eux, ils avaient surmonté leur appréhension. Des cris stridents parcouraient la plage, se répondaient en écho dans le fracas d'écume, mais la peur avait vite laissé place à une sorte d'excitation. Cette joie enfantine avait fini par gagner tout le monde, de ceux qui affrontaient les vagues à ceux qui les regardaient, prudemment installés sur le sable sec, humant la bruine d'embruns. Les vagues formées au large qui roulaient en rangs serrés jusqu'au bord n'étaient pas dangereuses ce jour-là. Elles communiquaient seulement leur formidable énergie à tous. L'allégresse flottait au vent et chacun célébrait ainsi la nature, comme pour la remercier d'être là, au monde, contre vents et marées. Après ce moment vivifiant, ivres de grand air, de soleil et de sel, nous avions été rapidement dégrisés en regagnant la voiture.

Au retour donc, tous les quatre atterrés, en larmes mon petit garçon, et mes filles plus retranchées, défendues, visiblement déroutées. Vitre brisée en mille éclats de verre partout dans les moindres recoins, un gros caillou sur le siège. Un dimanche en plus, pour tout arranger et toutes les affaires volées, portefeuille, papiers, billet de retour. Les gendarmes, visiblement accoutumés à ces incursions estivales de jeunes malfrats venus de la ville, m'avaient conseillé d'aller faire un tour à la sortie du village en direction d'Ajaccio. À quelques kilomètres de là en effet, j'avais fini par localiser mon sac dans les fourrés qui bordent la route en surplombant la mer, entouré de tous les effets en pièces détachées, sans l'argent bien sûr, mais c'était tout de même une belle revanche. Les enfants, pour le coup époustouflés devant l'efficacité de leur mère devenue détective dans le feu de l'action, retrouvant un à un les morceaux des billets déchirés en piochant dans les buissons d'épines sans crainte de se lacérer les bras et brandissant triomphalement chacune de ses découvertes, les enfants donc avaient retrouvé le sourire… Nous nous en étions tirés grâce à ce voisin si gentil qui passait l'été tout seul sur son terrain dans un mobil-home, à côté de la maison que je louais, tout près de la plage du Peru, il m'avait fait confiance et prêté de l'argent pour nous permettre le surlendemain de rentrer chez nous, *sur le continent*. Je me souviens de cette carte touchante qu'il m'avait adressée en réponse à ma lettre et mon remboursement, comme s'il avait compris et su pourquoi j'étais venue avec les enfants trouver refuge au village de mes ancêtres en cette fin de mois d'août. J'avais senti dans le silence, et derrière ces quelques mots tracés d'une écriture hésitante et appliquée dont je gardais toujours le souvenir… *vous avez des yeux, Madame, qui m'ont rappelé ceux de ma mère…*, que mon histoire sans parole avait rejoint la sienne, faisant vibrer dans sa mémoire d'homme vieillissant l'écho d'un malheur enfoui de son enfance, et pourtant rien jamais n'avait été dit.

Longtemps je suis venue ici en cherchant confusément quelque chose et comme pour me blottir, prendre des forces, mais comment les puiser dans du vide ?

Il me semble que c'est lors du deuxième séjour en Corse avec mes parents, j'étais adolescente, que nous avions trouvé le tombeau des ancêtres. Nous avait-on parlé de son existence ou l'avions-nous supposée ? Je l'ignore. Probable tout de même qu'un membre de la famille — ou mon père lui-même — l'ait mentionnée. Nous savions que les traces de ce passé familial se trouvaient à Cargèse et il était naturel de les y rechercher. On roulait donc doucement, on s'arrêtait devant toutes les chapelles que l'on rencontrait — c'est ainsi que l'on nomme ces tombeaux souvent solitaires ; en Corse on enterre les morts sur la propriété — y cherchant notre nom, curieuse promenade. Rien du côté de la route d'Ajaccio, et finalement, c'est sur celle de Porto qu'on l'avait trouvé alors qu'on s'apprêtait à rebrousser chemin ; par acquit de conscience j'étais descendue de voiture en l'apercevant dans un fouillis de végétation, bien caché, presque inaccessible aux regards et impossible d'accès, avec la grille rouillée envahie de ronces, les arbousiers et les myrtes emmêlés et c'était bien celui que je cherchais. Fronton et nom grecs, comme au temps de l'arrivée de ces aïeux natifs de Laconie fuyant les Turcs en transitant par la République de Gênes qui leur avait attribué ces terres arides sur la côte ouest de l'île. À la fin du XVIIe siècle ils avaient pu s'établir sur le site de Paomia, modeste hameau tout près de Cargèse sur les hauteurs, avant d'en être chassés, persécutés par des autochtones jaloux de leurs talents agraires. Gravés dans la pierre, ces deux patronymes : le nom Drimaraki au suffixe tel qu'à l'origine — et non dans sa transposition corse en — *acci* qui reste tout de même la marque de cette immigration, le signe distinctif de la colonie sans doute longtemps discriminatoire de son hellénéité — associé à celui de Servó, dont je me souviens qu'il m'avait d'emblée paru mystérieux.

Pourtant nous avions possédé un ouvrage sur l'histoire des Grecs de Cargèse et Paomia, qui recensait toutes les familles grecques arrivées là en 1676, dont la nôtre, et dans lequel l'auteur citait un poème intitulé *À Cargèse*, d'un certain Drimaraki-Servó, que nous avions lu non sans quelque fierté puisque notre parenté avec lui, même si elle restait obscure, ne nous semblait pas faire de doute. Le livre s'était curieusement évaporé de notre bibliothèque et par une amnésie que je ne m'explique toujours pas, j'avais fini par occulter jusqu'au souvenir de ce poème et de son auteur. Je me rappelais avec précision les listes de ces Grecs immigrants, comportant le patronyme et la profession du chef de famille, le nombre de personnes composant le foyer et en lisant les noms de ces hommes et femmes d'autrefois, en songeant à leur odyssée, il me semblait faire un voyage dans le temps. Mais rien d'autre ne m'était resté pendant plusieurs années sur les pages concernant le poème, comme si ma mémoire s'était aussi mise de la partie pour brouiller les pistes et ce n'est que récemment, bien après m'être procuré ce texte grâce à une habitante du village, que j'ai fait le lien entre le poète et le tombeau.

C'était émouvant et intimidant, une énigme, ce tombeau à l'abandon. À chacun de mes voyages en Corse je m'y arrêtais désormais, avec la même sensation : je me sentais liée à une histoire qui m'échappait, et tournais en rond devant cette opacité, je ne savais comment démêler les fils, à l'image de l'enchevêtrement d'arbustes et de buissons qui barrait l'accès à la chapelle. J'avais bien plusieurs fois consulté les registres d'état civil à la mairie, mais sans rien y trouver qui me mette sur une vraie piste, sinon de nombreux actes de naissances, décès ou mariages d'ancêtres dont j'étais incapable de reconstituer la filiation jusqu'à aujourd'hui. Où chercher, à partir de quels repères temporels ? Je n'avais alors aucun autre élément que ce nom pour remonter à tâtons vers d'hypothétiques sources généalogiques.

Et puis ce qui rendait toute tentative d'investigation difficile, c'était le sentiment d'être étrangère, ou considérée telle : j'arrivais là, l'été, rien ne me distinguait vraiment d'une touriste, et je prétendais faire des recherches sur ma famille. Une sorte de timidité, de vague honte ou culpabilité me freinait, comme si je m'attendais à rencontrer en travers du chemin un nouveau cerbère grognant écumant de rage babines retroussées tous crocs dehors, pour me signifier que je n'en avais pas le droit, que je m'aventurais sur un territoire à jamais interdit.

Les choses ont commencé à bouger – et pour cause – il y a dix ans.

J'arrive à Cargèse où je n'ai donc jamais rien possédé d'autre que ces lambeaux d'histoire familiale effacée. Comme toujours je vais à la chapelle, pour retrouver je ne sais quoi, ce lien, mes racines peut-être, mais bien triste héritage tout de même que ces racines du côté du néant. Me recueillir devant ce mystère. J'aurais rêvé ici d'autre chose, d'une maison familiale au détour d'une ruelle, à la vieille façade rose passé entre bougainvilliers, figuiers au parfum laiteux, micocouliers et lauriers en fleurs. Mais rien de tout cela, à jamais.

Ce jour-là, je découvre stupéfaite un amas de décombres ; je réussis à ouvrir la grille et pénétrer dans l'enceinte du tombeau, comme si le désastre de cette ruine me donnait enfin le droit d'en franchir le seuil, m'apportait une légitimité que je m'étais toujours refusée jusque-là. J'entre avec le vague sentiment d'une profanation, d'une injustice — comment avait-on pu oser ? — à l'instant je regrette de ne pas avoir agi avant, les années précédentes, pour protéger ce lieu si sacré à mes yeux que je ne m'étais pas autorisé la moindre investigation. Je m'en veux confusément de n'avoir pas senti avant ce que cette solitude cachait d'abandon : oui, si j'avais pu dire par le passé et comme sans y penser, ou du moins curieusement sans que ma conscience ait accès au sens du mot, que ce tombeau était *à l'abandon*, ce n'est qu'au moment où je suis confrontée à l'irrémédiable de cet abandon, à la désolation de ses conséquences tangibles, au moment donc où il est trop tard, que l'opacité du terme se dissipe. Je perçois enfin ce qu'il recouvre, comme si les lézardes de la façade ou l'effondrement progressif du toit, constatés pourtant les années précédentes, n'avaient pas été des signaux suffisants pour me faire mesurer l'étendue de cette solitude et m'en alerter. Je cherche vainement entre les ruines les traces du fronton, les restes du nom gravé dans la pierre. Au ras du mur éboulé qui borde le terrain de la chapelle, je vois que des travaux de terrassement ont été entrepris, un bulldozer est venu creuser, ébranlant sans doute les fondations. L'édifice déjà bien fragile n'avait pas dû résister à de telles vibrations.

Je perds ainsi ce que je ne possédais pourtant pas, la dernière trace visible d'une empreinte familiale à découvrir, exhumer, le seul fil ténu qui me reliait à ce passé. Alors je décide d'écrire au maire. Personne d'autre ne serait mieux à même de comprendre ce que pouvait représenter la disparition de cette chapelle, modeste trace du passé grec de son village. Je m'étonne dans la lettre que de tels travaux aient été entrepris si près du tombeau de mes ancêtres, rappelle que c'était un des seuls sur lequel figurait encore le nom grec tel qu'à l'arrivée de la colonie, et qu'avec lui, c'est un morceau du patrimoine et de l'histoire hellène du village qui s'en va. Je n'attendais pas grand-chose d'autre qu'une réponse, un signe, mais à quel titre pouvais-je entreprendre cette démarche, moi l'étrangère, la *pinsuta*, de quel mandat pouvais-je me réclamer pour être entendue ? On avait dû considérer alors qu'il s'agissait là d'un caprice de vacancière en mal de racines, et qu'il était préférable de laisser passer. Rentrée chez elle, là-bas, « sur le continent », elle oublierait et on n'en entendrait plus parler. Au fond n'avait-on peut-être pas eu tort de penser ainsi. En tout cas on devait avoir des raisons de s'en remettre à l'oubli, mais je ne le savais pas à ce moment-là. A la réflexion, il se pouvait aussi que cette lettre ne soit jamais parvenue à son destinataire. Peut-être s'était-elle même égarée, ou avait-elle été parcourue distraitement par une personne chargée de trier le courrier avant de le transmettre le cas échéant au représentant de la commune. On avait pu finalement la juger trop anecdotique pour mériter un autre sort que celui d'échouer dans une corbeille à papiers.

Je me revois encore, sous la chaleur d'une après-midi d'été, glissant l'enveloppe dans la boîte aux lettres de la mairie. En écrivant ces mots, j'avais bel et bien frôlé le secret de cet abandon.

Lettre morte donc ; nouvelle couche de silence et par-dessus, encore une bonne épaisseur de temps. Il faut attendre encore longtemps avant qu'un nouvel élément ne me fasse rouvrir le dossier…

Je reviens au village, avec un ami — deux ans, trois ans après ? — au mois de juillet. On loge dans un hôtel tout simple aux balcons suspendus au-dessus de la mer, murs blanchis à la chaux et volets bleus, les draps sèchent au soleil ; un coin de Grèce des années cinquante, ou un plan du *Mépris* de Godard et ces impressions m'enchantent. On s'attendrait aussi à voir passer Monica Vitti en jupe claire et sandales légères, un bandeau de tissu retenant ses cheveux, grimpant quatre à quatre l'étroit escalier extérieur, sur un côté de la maison.

En donnant mon nom je demande au patron du bar qui tient lieu de réception s'il lui dit quelque chose… Un temps de réflexion. Oui, il y avait bien un homme autrefois qu'on surnommait « l'Agrégé », et qui portait ce nom, le tombeau de la famille est à la sortie du village ; je fais observer qu'il est à présent détruit ; manifestement il le sait mais reste évasif, conseille d'aller interroger les commerçants, signale l'un d'entre eux qui fait des recherches sur l'histoire du village.

C'est ce que l'on fait sans attendre ; on pousse la porte d'une boutique dont la propriétaire interrogée admet savoir *des choses* mais ne veut en parler. Elle prend aussitôt la tangente, traversant la rue pour nous conduire chez une autre dame qui ose dire ce qu'elle sait : oui, l'Agrégé était connu ici, c'est en effet ainsi que tout le monde l'appelait… Il était aussi poète. Elle peut se procurer la photocopie de l'un de ses poèmes, elle connaît quelqu'un qui possède son recueil. Elle prend mon adresse sur le continent et tiendra sa promesse, me l'enverra. Oui, son tombeau est en miettes à l'entrée du village sur la route de Piana. Et pourtant, nous dit-on, il avait légué tous ses biens à la commune en échange de son entretien. Elle prend même la liberté de se dire choquée par cet état de fait, mais reconnaît dans le même temps qu'il est difficile de trouver un responsable de cette rupture d'engagement. S'il y a une faute, elle n'incombe pas à une personne ou une municipalité ; elle vient plutôt d'une succession de négligences accumulées au fil du temps jusqu'à ce que la chapelle se trouve dans le triste état de destruction où on la sait à présent. Elle ajoute encore que récemment des inconnus sont allés jusqu'à emporter des pierres du tombeau ; même ses décombres ont été pillés. Le maire en personne a dû élever la voix pour interdire ces intrusions. C'est tout ce qu'elle peut dire, mais elle connaît quelqu'un qui en saura plus.

La nouvelle est saisissante, tout à coup ma recherche prend les allures d'une intrigue policière. Je comprends mieux la chape de silence sur laquelle j'avais buté au fil du temps. Au fond, le village entier avait connaissance de l'histoire, il fallait être étrangère comme moi pour l'ignorer, mais chacun paraissait répugner à parler de ce qui pouvait ressembler à un sacrilège. Le sentiment de gêne devait être d'autant plus fort qu'ici, on ne transige pas en principe avec le devoir de mémoire et le respect, voire le culte des morts. Il y avait donc pour moi, mais aussi pour les habitants du village, de quoi être consterné. Cette situation était une énigme, une affaire sûrement assez inconcevable pour tous.

On ne tarde pas à trouver l'adresse du personnage indiqué. La porte d'entrée grande ouverte donne sur un long couloir qui rejoint un jardin. Au bruit de la sonnette, après un temps assez long, il arrive à petits pas glissés, et quand on lui demande s'il a entendu parler de l'Agrégé, comme au ralenti, il porte la main à son front et s'exclame : « *Ooooh, mais c'est vieux, tout ça... !* ». Avec la même lenteur, il fait remonter des bribes, peu à peu les souvenirs reviennent à sa mémoire et il raconte. Oui, l'Agrégé était connu au village, c'était un poète. Il avait laissé un testament, un exemplaire doit se trouver en mairie. Il croit bien que le document y avait été déposé après la mort de cet homme. Il n'est pas nécessaire de l'interroger sur ce qu'il contenait ; les mots lui reviennent comme un regret, sans doute aussi les a-t-il suffisamment ressassés : il commençait ainsi, dit-il, *Je lègue à moi-même...*

L'étrange fierté, le défi contenus dans cette phrase ne peuvent en effet s'oublier. Il confirme ce que l'on venait d'apprendre – l'ancêtre avait laissé ses biens à la commune en lui demandant d'entretenir son tombeau – et précise : une maison, quelques terres et deux mille francs or. Voilà ce qu'il peut dire. Il est peut-être encore temps de faire des démarches pour reconstruire ce tombeau, restaurer la mémoire de l'Agrégé, hasarde-t-il. Mais l'histoire est ancienne, cette mort remonte à si longtemps, on ne sait plus qui n'a pas suivi les dernières volontés de cet homme. Et sait-on seulement s'il était possible de les respecter ? Ce n'est pas avec ces bribes de témoignages que je peux me faire une idée précise des dernières volontés mon ancêtre.

Ainsi, les dés avaient été jetés depuis longtemps. Une immense tristesse m'envahit en songeant à cet homme qui, n'ayant sans doute pas d'héritiers, s'était senti assez seul pour placer toute sa confiance dans l'entité finalement anonyme de sa commune.

J'ignore quel degré de parenté me lie à lui, mais je sais maintenant ce qui, au moins à mes yeux, légitime ma quête : nous portons le même nom. C'est d'abord le nom commun, si l'on peut dire, qui est à l'origine de mon désir d'en savoir plus, d'aller sonder le mystère du tombeau abandonné. Ensuite, j'ai sursauté la première fois en entendant les habitants de Cargèse surnommer cet homme, pourtant disparu depuis des années, *l'Agrégé* ; vérification faite une fois rentrée sur le continent, il l'était en effet : il avait obtenu l'agrégation de grammaire en 1881. Le titre n'a pas d'importance, mais la coïncidence nous rapproche, ce hasard m'a troublée au début. Depuis, je m'y suis habituée. D'emblée surtout je me sens reliée à lui par l'écriture, même si j'ignore encore presque tout de ses poèmes, hormis celui qu'il adresse *À Cargèse* dont j'ai maintenant la photocopie et que chacun connaît plus ou moins dans le village. Il est poète ; il est donc essentiel pour moi de retrouver les traces de son écriture.

À travers lui pourtant solitaire, et seul vraisemblablement, sans épouse ni enfant pour laisser un si étrange testament, une autre figure paternelle et tutélaire se construit, comme en écho à l'amour qui me liait à mon père par les mots, la culture, la parole et la voix. Un totem en somme. Finalement, dans quelques pages, et à quelque temps de là, le deuxième hôtelier aurait bien raison.

Ainsi se tissent des liens par-delà le temps. Et d'autres correspondances, d'autres résonances plus secrètes, encore obscures sont en jeu, créant une parenté d'une autre nature, plus forte que la généalogie. J'avance en tâtonnant, mais avec l'intime conviction d'avoir à renouer les fils rompus de ce passé. Plus d'état d'âme cette fois. Un devoir, simplement.

Cargèse, lieu du berceau et du tombeau. Où l'histoire se noue et ne se dénoue pas, ou pas encore. Le lieu de la pièce manquante du puzzle, où la tristesse toujours m'accompagne. À chaque fois un signe vient me rappeler que l'endroit, les gens résistent, les portes s'ouvrent puis se referment en claquant, comme ce volet d'une chambre d'hôtel visitée en arrivant là l'été suivant, qui brusquement s'est refermé au vent en me heurtant ironiquement le front alors que je découvrais, déployée sous la fenêtre, la mer encore grise de la pluie récente. Un signe peut-être pour m'inviter à passer mon chemin, ce que j'ai fait pour aller m'établir sans tarder à deux pas de là dans un hôtel voisin et bien m'en a pris je crois.

Dès mon arrivée, j'ai repris le fil de l'enquête à la recherche de l'ancêtre, pour tenter de saisir des bribes de sa biographie, comprendre la disparition du nom, des traces mais autour de l'Agrégé, du poète, le silence restait et resterait sans doute épais.

À peine installée dans ma chambre, je suis redescendue dans le hall de réception et me suis adressée à l'hôtelier vêtu de noir qui m'avait accueillie de manière courtoise et distante quelques instants auparavant. L'homme aux yeux bleus derrière ses petites lunettes d'acier s'est arrêté d'écrire et m'a regardée avec attention quand j'ai dit que je cherchais à m'informer sur ma famille, et cet ancêtre en particulier. Il a contourné le comptoir de la réception et s'est avancé vers moi. À la fois lapidaire et disert, il est directement entré dans le vif du sujet, arpentant le hall de l'hôtel en lançant quelques phrases entrecoupées de silence. Des pistes. Plusieurs. Des noms, des adresses. Le nom de Sidi-Merouan : beaucoup de Corses expatriés au XIXe siècle ; une véritable colonie algérienne. Tout cela me parlait bien sûr, me renvoyait à la saga familiale racontée par mon père et dans laquelle j'avais grandi : ce récit de l'enfance paternelle en Algérie, dans la maison forestière au fond des bois à bonne distance du premier village, avec ses parents, ses frères et sœurs, la douceur inaltérable de sa mère, les enfants tremblants dès qu'ils entendaient le pas du cheval de ce père inflexible, corse immigré comme nombre de ses compatriotes. Cette histoire, un leitmotiv, a scandé ma vie d'enfant et nourri mon imaginaire au même titre qu'une légende ou un mythe fondateur. Mais j'avais l'intuition que ce n'était pas la direction à prendre pour l'heure.

Entre les mots, au fil de ses passages devant moi, d'autres signes étaient lâchés, d'une autre connaissance, d'un autre savoir, et comme lancés en l'air à tout hasard, petits ballons d'essai. Il était toujours question de l'ancêtre mais quelque chose aussi entre les mots pouvait se lire, je le sentais sans comprendre encore. J'étais intriguée, amusée aussi par ce type vraiment étrange qui virevoltait, laissant ça et là, comme sans y penser, les traces d'une incroyable érudition à demi cachée, suggérée à qui saurait la déceler entre ses allées et venues.

Il avançait d'abord sur le devant de la scène, léger et grave, donnant à la fois la sentence et sa dérision, puis revenait après être resté quelques secondes, dos tourné, devant la baie vitrée face à la mer : dans une étonnante chorégraphie, il traçait un itinéraire un peu cabalistique occupant les silences, comme s'il avait besoin de tourner physiquement autour de l'histoire, volontiers allusif, passant et repassant telle une ombre pour écrire ou inscrire dans l'espace la parole envolée, lui donner vie, l'amarrer, l'incarner de sa seule présence.

Un coin du voile s'est levé lorsque je suis rentrée d'une première incursion peu fructueuse dans le village en fin d'après-midi. L'homme aux petites lunettes d'acier, venant à ma rencontre, légèrement moqueur, m'a lancé d'une voix basse, un peu voilée, dans la mélodie de ce bel accent corse : *Alors, chère Madame, avez-vous avancé dans vos investigations ?* J'ai vu son sourire attentif et amusé quand je lui ai fait part de mes premiers tâtonnements, de ma déambulation un peu désespérante dans le cimetière marin qui surplombe le port, à passer en revue chaque allée, pour arriver finalement devant deux tombes jumelles à l'abandon, au nom de ma famille sans aucun autre signe, prénom ou date, et de ma perplexité face à ce mystère. Il est revenu sur Sidi Merouan, me parlant d'universitaires de Corte et d'un colonel de Cargèse féru d'histoire qui devaient connaître beaucoup de choses sur ceux de la colonie grecque émigrée en Algérie. Cette piste me tentait une nouvelle fois bien sûr, sachant ce que je savais de Pedro, mon grand-père garde forestier parti s'établir *là-bas* avec son épouse, et où mon père avait donc grandi avec ses cinq frères et sœurs, dans le *bled* comme il disait, mais je n'étais décidément pas venue à Cargèse pour cela.

Comme lisant dans mes pensées, insensiblement l'homme en noir a infléchi la conversation dans une autre direction. Délaissant le domaine des sciences politiques dans lequel à merveille il avait su briller sans ostentation, il a dérivé vers celui des sciences humaines, pour endosser finalement l'habit de philosophe. De temps à autre, il faisait allusion à de grands penseurs contemporains, pas forcément des plus connus, pour émailler sa propre réflexion, ou bien tester la réactivité de l'auditoire…

Et, bien qu'on s'éloignât manifestement du centre de la question de l'ancêtre, il me semblait que tout ce qui était dit par cet homme était d'importance et comme à retenir. À mesure qu'il parlait je le sentais, et dans le même temps les mots précieux s'écoulaient et je le lui dis : comment se souvenir de tout cela, il y a tellement de choses, il faudrait vous enregistrer, ou prendre des notes, ce que j'avais d'ailleurs commencé à faire dès le début de l'après-midi : devant une telle densité d'informations, il fallait bien noir sur blanc les fixer en hâte sur mon carnet, mais là, je n'avais pas osé, ou pas eu le temps, déjà le regrettais et le lui disais donc, ce qui ne manquait pas de l'amuser. On ne se lasse pas de vous écouter avais-je ajouté, pourquoi n'enseignez-vous pas à l'université de Corte ? Et lui, cynique, revenu de tout, du monde, de la Corse, des hommes, de la transmission et surtout de lui, jamais si drôle d'ailleurs que lorsqu'il s'agissait d'exercer son esprit de dérision sur lui, réglait son compte à ma question dans un sarcasme. Aussi imperceptiblement que l'on s'en était éloigné, on était revenu à notre sujet ; il avait évoqué ces quelques familles grecques de Cargèse aux noms disparus, effacés de l'histoire du village. Dont la mienne, bien sûr ; disparition du nom, au berceau même de son histoire, qui flotte seulement dans le souvenir incertain de quelques anciens, fluctue dans les limbes de mémoire collective de ce lieu solaire, d'éblouissante obscurité.

Le même été. A quelques jours de distance et de retour au Sud de l'île. Tandis que la voiture serpente sur la route en direction du hameau, les nuages posent leurs mains d'ombre apaisante sur la montagne exténuée de soleil, faisant des taches plus sombres dans le vert vif du maquis pour en estomper la brûlure. Au vent du soir, postée sur la terrasse de la petite maison en pierre, devant mon écran, j'interroge ma solitude, le calme, le soleil déclinant. Une tourterelle se pose quelques instants sur la clôture voisine et s'envole furtivement. Je goûte la douceur de l'air après la touffeur de la journée. Les moineaux aussi en profitent, ils jouent aux équilibristes sur les gros fils électriques autour du poteau en bois, se poursuivent joyeusement en faisant claquer leurs ailes. Entre eux et moi, une libellule rectiligne traverse l'espace en trombe discrète vers les nuages rosés du couchant. Un presque imperceptible bruissement.

Je reconstruis par l'écriture ces heures passées à Cargèse jusqu'à ce que l'obscurité m'empêche de distinguer les touches du clavier. Tout près, dans les fourrés en contrebas, j'entends les grognements d'invisibles sangliers se préparant à leurs déambulations nocturnes. Le silence noir de la nuit d'été s'installe, troué de la note subtile et monocorde des grillons qui sondent posément l'espace. Dans un demi-sommeil, j'écris en pensée jusqu'aux premières lueurs du matin.

Sur la route en contrebas du hameau de Gialla, passent les chevaux pour leur promenade quotidienne, d'Arrajhu à Ribba, ponctuent le jour radieux encore suspendu, préservé du temps des hommes, retenu au temps d'éternité par la fraîcheur de la nuit, quelques minutes recueillies dans la respiration de l'île encore endormie, passent lentement six chevaux peut-être, je ne les vois pas mais les devine, ce doit être à peu près cela. Donc vingt-quatre sabots martelant posément l'asphalte, perçus au lointain d'abord, simple cliquetis atténué, rythme discret pianoté à l'orée de ma conscience, puis se rapprochant, fragmentation, décomposition à l'infini ou amplification par superpositions de leur pas lent, qui s'atténue doucement, mais longtemps perceptibles encore dans leur démultiplication mesurée, éclatée jusqu'à leur disparition du champ de la perception. Notes claires égrenées détachées claquées distinctement posées battant pavé, devenues peu à peu lointaines claquettes avant d'être mêlées indistinctes brouillées en fondu enchaîné, rendues au silence mais persistantes, encore tintant en écho dans une sorte de recoin obscur de la mémoire immédiate. Signes vibrants sur la portée de la partition cachée, petits éléments sonores presque identiques, étonnamment proches et pourtant très légèrement décalés les uns des autres, comme disjoints mais formant un tout symphonique de notes presque jumelles. Comme une infinité de petits morceaux d'un puzzle en apparence semblables à s'y méprendre mais en réalité juste similaires. Métaphores sonores des fragments de l'histoire à recomposer.

J'y reviens doucement dans la transparence matinale.

Le soir quand j'étais repassée dans le hall de l'hôtel au retour du restaurant, il était toujours là, près de l'escalier, un livre à la main. On avait repris le fil ténu de la conversation autour de l'ancêtre, mais il semblait soudain moins certain de ses pistes (avait-il entre-temps passé quelques coups de fil sans suite ? Dans l'île une chape de silence est souvent de mise quand on touche à des sujets jugés délicats), comme si l'entreprise de reconstitution amorcée lui paraissait à présent bien vaine et vouée à l'échec, ou déjà fatigué de mon obstination, ou convaincu de mes doutes et mon découragement. Ce repli pouvait aussi s'expliquer par d'autres raisons qui me restaient inconnues. Il esquissait encore quelques allées et venues mais les déplacements étaient plus glissés, plus atténués qu'au plein jour.

La chorégraphie, à présent accordée à la parcimonie du propos, semblait relancée dans une version nocturne et comme programmée sur un cycle économique compte tenu de l'heure tardive. Peut-être voulait-il simplement laisser entrer la nuit — le hall de réception était à peine éclairé — rendre les lieux au silence et laisser les paroles se diluer dans l'obscurité.

En tout état de cause il était toujours là, comme l'après-midi, devant les grandes baies vitrées ouvrant à présent sur le noir scintillant de l'eau et du ciel à l'infini mêlés. Toujours là donc tandis que je m'engageais dans l'escalier pour regagner ma chambre, soufflée en entendant dans mon dos ces mots gentiment persifleurs :

Bonsoir, chère Madame, et gardez-vous de la totémisation de l'ancêtre !

— III —

De la loggia surplombant la mer j'ai contemplé la nuit, le trapèze du petit port éclairé d'où montaient des chants corses, le reflet moiré de la lune sur l'étendue noire de la mer puis je me suis endormie bercée par la respiration des vagues. Quelques heures seulement. Dans mon sommeil peu à peu est entré ce bruit du sac et du ressac, s'est imposé insensiblement jusqu'à venir dans le rêve, et doucement le chasser, prendre sa place. Le vent apaisé vers le soir s'était à nouveau levé, et la démonstration de force des lames venant se briser sur la digue de pierres tendait sur l'obscurité cette résonance tragique et solennelle des éléments qui souligne notre fragilité.

Il fallait sans doute en passer par cette nuit presque blanche où résonnait le bruit des rouleaux en coups de boutoir jusqu'au fond de mon cœur, pour vivre au petit matin cet étrange, cet inoubliable petit-déjeuner. Impatiente de poursuivre mes déambulations pour amorcer mon enquête, j'étais descendue dans le salon avant le lever du soleil pour griffonner sur mon carnet en attendant que l'hôtelier soit levé, me croyant d'abord seule, mais il était vite apparu, toujours de noir vêtu et comme s'il ne s'était pas couché depuis la veille.

Un peu gênée d'être prise en flagrant délit d'écriture, je me justifie tant bien que mal, lui renouvelant mes craintes de ne pas trouver beaucoup de réponses au mystère de mon ancêtre, mais lui dis aussi que j'ai besoin de chercher, même si je ne trouve pas, que je tourne autour de quelque chose d'important et cependant encore indéfinissable. Que je me sens à la fois profondément d'ici et étrangère aussi, ayant grandi dans le récit de cette île construit par mon père — obligé lui-même d'ajouter de la fiction aux lambeaux de réalité qu'il avait conservés de ses brefs séjours en terre corse, puisqu'éloigné d'elle dès l'enfance avec le départ en Algérie — grandi donc dans cette légende tissée dans le réel, l'idée de cette île perçue si lointaine et si proche. Je suis réduite à composer avec les bribes paternelles ma propre histoire insulaire, à vivre par procuration les souvenirs lacunaires de mon père et tenter de me les approprier. Et cette mémoire trouée est à l'image de la berceuse corse qu'il me chantait « ô ciuciarella », dont il ne me restait que l'air et quelques paroles, mais à laquelle je ne pouvais songer sans émotion…

Avec quels mots lui avais-je dit cela ? Je me souvenais seulement de l'extrême brièveté de ce message en quelques phrases, qui, si hésitant, si brouillé fût-il, avait été immédiatement reçu et décrypté, et ce qui avait alors été dit par cet homme répondait à toutes mes attentes, devançant même mes pensées, comme s'il avait eu le pouvoir de lire en elles.

Là curieusement je m'étais arrêtée d'écrire. Arrivée au récit de cette étonnante initiation, m'étais trouvée sans mots. Sur le sujet, rien d'autre qu'une ellipse, une éclipse.

Sur l'épisode, un grand silence de deux ans.

Au fil des mois, j'ai accepté le principe d'inachèvement et de fragmentation ; j'ai dû laisser les terres en friche. Je savais qu'il me faudrait du temps mais l'histoire était là, enfouie sous les décombres du tombeau désormais plus qu'en ruines, en mille miettes, ce serait long mais je l'exhumerais peu à peu, et tous les morceaux seraient patiemment assemblés, dans le meilleur des cas, ou disposés côte à côte soigneusement étiquetés répertoriés comme ces fragments brisés d'objets, poteries, métaux anciens que découvrent les archéologues et que l'on voit parfois posés sur un fond noir dans les vitrines des musées, signes émouvants d'une vie antique surgie du néant. Et tout ne serait sans doute pas reconstitué, trop d'oubli et de béances, de traces effacées ou inextricablement enchevêtrées s'accumulaient, mais qu'importait : cette histoire je l'aimais aussi par ses manques, je l'affronterais ce vide, je l'affrontais d'ailleurs depuis longtemps, et c'étaient ce mystère, ces lézardes et ces trous qui me touchaient. Bien plus émouvant le vase grec brisé aux morceaux rassemblés que la beauté lisse de celui qui sortait du tour du potier.

Une tentative d'explication à ce silence l'année suivante, toujours l'été, donc un an plus tard ; le temps ici n'a plus d'importance. J'écris à trame distendue : une nécessité quand je suis là ; hors de l'île, l'écriture chemine secrètement, informulée. Quand je reprends le fil, je relis, relie ces lignes à un an d'intervalle. Sur le carnet je retrouve beaucoup de notes, fragments épars, citations et même, entre les pages, les petites feuilles carrées que l'hôtelier avait déposées sur la table devant moi au fil de ses déambulations après y avoir griffonné d'une écriture nerveuse à peine lisible quelques noms d'auteurs, citations et titres à retenir. Mais pourquoi avoir laissé ce récit en suspens, comme si j'avais eu besoin de temps pour raconter ce lendemain mémorable ?

Peut-être tout étant allé très vite à partir de là, étais-je simplement partie sur d'autres pistes.

Tambour battant il m'avait envoyée à la bibliothèque d'Ajaccio, me donnant dans cette recherche l'occasion d'un premier bonheur dont je garde en revanche le souvenir intact.

J'entre dans la longue salle du fonds ancien au parquet qui craque sous les pas. Il flotte un parfum mêlé de bois ciré et de vieux livres. Les gens travaillent sur de longues tables en bois. Je me dirige vers le bibliothécaire assis à son bureau tout au bout de la salle, sans y croire, demande timidement le titre *Algues et Fleurs*, de Drimaraki-Servó et quelques minutes après, je l'ai entre les mains, ce livre que je doutais de trouver un jour. J'apprends même que la bibliothèque en possède deux exemplaires ; en toute naïveté je demande s'il serait possible d'en acquérir un, puisqu'il a été écrit par un de mes ancêtres. J'ajoute pour tenter de convaincre le gardien du temple par un trait d'humour : d'ailleurs, qui d'autre que moi ce livre peut-il intéresser ? On sourit, je crois même sentir qu'on hésite, mais c'est exclu : en revanche, on me le photocopie intégralement et on me conseille un bouquiniste que j'attrape au vol avant la fermeture de sa boutique. Il pense avoir *vu passer* ce recueil, peut-être même le possède-t-il encore, mais pas ici, il devra rechercher, demande du temps. Commande est passée mais il faudra un an et demi et plusieurs coups de téléphone avant qu'il ne soit enfin *récupéré* — par quelles voies mystérieuses je l'ignorerai toujours — posté et enfin devant moi sur mon bureau un matin d'hiver.

Voilà pourquoi peut-être cette année-là encore l'écriture était restée en suspens.

À la fin de l'été j'avais dû rentrer, retrouver la vie quotidienne et tout remettre à plus tard. Mais je possédais du moins la photocopie du recueil, et découvrais un poète sensible, revendiquant fièrement ses origines et sa culture hellènes, profondément attaché à son île, à son village, à la nature. Si quelques textes datés, il fallait bien le reconnaître, péchaient par un style un peu désuet, ou par excès de style, je lisais avec émotion la plupart des poèmes, comme autant de délicieux petits tableaux corses, d'instantanés pris sur le vif des mœurs et de la vie quotidienne insulaires. Mais le plus touchant de cette écriture était sa retenue et sa maîtrise qui cachaient et dévoilaient tout à la fois une grande solitude, un malheur secret sans doute et un regard existentiel, stoïque sur le monde, la vie et la mort. Sans doute les textes du poète en diraient-ils entre les lignes bien plus long sur sa biographie que toutes mes tentatives de reconstitution. C'est dans la rencontre avec les mots que j'éprouvais l'évidence de cette parenté.

Souvent au cours de mes investigations, on m'interroge sur mon lien familial avec cet homme, comme s'il était nécessaire de présenter en bonne et due forme une filiation afin de justifier ce désir de savoir, de donner du sens à sa biographie. Une manière – d'ailleurs très modulée selon les interlocuteurs, et qui peut aller de l'aboiement intériorisé avec tentation voire intention de morsure, à un véritable intérêt bienveillant – de me dire : « *Vos papiers !* ». Je réponds plus ou moins piteusement que je l'ignore encore, cela m'intéresse si peu. Je tente d'expliquer que cette parenté-là n'est pas forcément perchée sur un arbre généalogique et se situe ailleurs. Qui suis-je *par rapport* à lui ? Je suis celle qui fait cette recherche ; je tente de restaurer sa mémoire oubliée. Et je voudrais ajouter ce qui à mon sens, représente la meilleure des raisons : *qui le fera, si je ne le fais pas ?*

Ce qui m'emplit de tristesse en le lisant, c'est de songer qu'en l'oubliant, en niant sa mémoire, on a du même coup expédié à la trappe ses poèmes sans voir et prendre l'amour qu'ils donnaient à Cargèse en particulier et à la Corse en général.

Maintenant j'essaie d'aller plus avant, de revenir au point sur lequel j'avais achoppé à deux reprises déjà. L'obstacle. En cours de route, j'avais encore semé ma rencontre avec l'hôtelier. Une lame de fond, ce récit, qui m'éloigne du bord au moment où je crois l'atteindre. Une punition en somme, un retour de manivelle ; cela m'apprendrait ! Sisyphe passait et repassait par là. Comme si le plaisir pris à évoquer cette rencontre et à en souligner l'aspect anecdotique en avait dilué l'essence même.

Ou comme si la lumière qui en était sortie avait été trop éblouissante, aveuglante finalement.

Écrivant cette phrase à plus de deux ans de là, une réminiscence me vient : je songe que ces mots recomposent des paroles par lui prononcées alors… On arrivait au terme de deux heures environ d'un monologue fulgurant simplement ponctué de ses allées et venues silencieuses sans doute indispensables à sa concentration, lui prenant de l'élan avant de revenir vers moi pour assener un nouvel aphorisme, une salve de mots bien pesés, de pensées condensées et précises, mêlées à des citations en parfaite adéquation avec le propos, comme si cette extraordinaire conférence au petit matin devant la mer étale, le paysage grandiose qui constituait son quotidien et comblait son regard avait été préparée de toute éternité. Mais il fallait admettre qu'il travaillait sans filet ; il brillait dans l'invention, l'improvisation, à moins qu'il n'ait été secrètement averti par d'invisibles capteurs de mon arrivée et des thèmes qu'il aurait en charge d'aborder, ce qui ne pouvait s'exclure non plus, compte tenu de l'étrangeté du personnage.

Impressionnée, je lui avais redit que sa place était à l'université, et d'un revers de main il avait encore balayé cette remarque, lançant — qu'il me soit permis d'édulcorer le propos, le langage était plus fleuri — lançant donc qu'il n'avait pas de temps à perdre à s'adresser à n'importe qui et entendait choisir les rares interlocuteurs auxquels il estimait avoir quelque chose à transmettre. Avec cet art de délivrer une vérité en la minant aussitôt par l'autodérision, salutaire coup d'arrêt à toute velléité d'orgueil et de démesure, il s'était lancé toutes voiles dehors, persiflant cette tentation pour mieux la sabrer, affirmant enfin non sans ironie que ce qu'il avait à transmettre était somme toute trop éblouissant pour des yeux non exercés à cette intensité… ou quelque chose comme cela, et cette phrase maintenant tant bien que mal refaisait surface.

Je me vois soudain prenant congé en bas des marches de l'hôtel, lui au-dessus devant l'entrée, et il me semble bien l'entendre, je viens de le remercier, de lui dire combien cette rencontre aura été précieuse, que j'espère un jour parler à nouveau avec lui ou plutôt l'écouter, et il me répond sans détour qu'il n'est pas nécessaire que je revienne, que viendrais-je faire, tout avait été dit, coupant court ainsi à toute éventualité, ajoutant que je ne trouverais plus grand-chose ici dans ce village et signifiant ainsi clairement que ce que je cherchais était ailleurs.

Il n'avait sans doute pas tort, puisqu'une nouvelle fois revenue sur mes pas, sur ces traces bien plus qu'à demi effacées, et même si j'ai pu en une semaine glaner quelques bribes encore, je vois bien que l'énigme de mon poète oublié, le secret de sa vie, resteront enfouis à jamais sous les décombres de son tombeau. Il me reste pour tout legs ces quelques mots de lui enfin retrouvés, son recueil en piteux état *Algues et Fleurs*, donc, sous-titré *poèmes corses*, et que j'ai fait restaurer et relier au printemps. En demi-chagrin pour être précise, je ne l'ai pas fait exprès, mais la précision technique prend naturellement un autre sens quand on connaît un peu l'histoire. J'ai choisi pour le dos un cuir bleu outremer sur lequel le relieur a gravé le nom, le titre, le sous-titre et la date en lettres dorées, et un très joli papier moiré aux dominantes vert pâle soutenues du même bleu que le bord. Je suis très heureuse de ce choix en écho au titre du recueil. De mon dialogue secret avec lui, je sais qu'il l'approuve et aurait lieu d'en être fier. Le fait d'avoir fini par trouver ce recueil alors que je n'y croyais plus — même si le bouquiniste à chaque conversation au téléphone m'exhortait à la patience — m'apparaît comme une sorte de petit miracle. La deuxième étape, celle de la reliure, est rétrospectivement déterminante ; un acte symbolique, première pierre, premier pas dans le travail de *réparation*. Le livre existe — bien que le relieur m'ait avertie de l'état du papier, selon lui trop acide pour se conserver au-delà de quelques années — il redonne vie aux mots et légitimité au poète. Sa présence me communique le désir et la volonté de poursuivre l'aventure.

C'est ce que j'avais fait peu de temps après l'avoir récupéré à l'atelier de reliure : contact pris auprès de la mairie de Cargèse pour faire part de mon projet initial d'écrire autour de ses textes accompagnés de photographies, la réponse était favorable et chaleureuse : on m'aiderait à rencontrer des personnes qui pourraient me faire avancer dans mes recherches. Il restait à trouver à me loger pour venir poursuivre tranquillement mon travail.

Il m'arrive de penser que cet objet-livre possède la force d'un talisman : le deuxième miracle prend la forme d'un appel téléphonique reçu à quelques jours de là : une cousine, compagne de jeux de mon enfance, perdue de vue depuis l'adolescence me retrouve par internet. De retour en France avec sa famille après des pérégrinations africaines. Joie de se parler après tant d'années. En quelques minutes on fait la synthèse de nos biographies respectives, l'essentiel est dit. J'en viens à parler de l'ancêtre et de mon intention d'aller prochainement sur ses traces, l'histoire la concerne, nous portons le même nom, elle est très attachée à ses racines corses. Exclamations à l'autre bout du fil : elle vient la semaine précédente et par un concours de circonstances incroyable raconté en peu de mots, d'acheter une maison au cœur de Cargèse, j'y suis la bienvenue, quand je veux. Ils n'y vont pas l'été, j'aurai la maison pour moi. Gênée, je n'ose y croire et accepter. Elle insiste : je suis restée dans son souvenir comme une petite sœur pour elle. Et quelques semaines après d'émouvantes retrouvailles, j'arrive, je suis là, je découvre avec ravissement la terrasse sur le toit et sa vue à couper le souffle.

De la terrasse sur le toit, pendant plus d'une semaine, j'ai le désir insensé de fixer cette merveille avec mon appareil photo, du petit matin jusqu'à la nuit, comme si à la lettre, *n'en croyant pas mes yeux*, il me fallait ce recours à la technologie numérique pour attester de ce que je voyais, objectiver ma vision. Avant de reprendre le fil de mon récit, j'ai besoin d'accoutumer mon regard, je dois laisser passer le temps de l'éblouissement. En apnée, en hypnose donc, dans une forme de ravissement extatique, comme stupéfié, il a bien fallu rester quelque temps sans voix, croisant ainsi au large un autre texte amorcé cette année-là, ironiquement intitulé *Comment vont les méduses ?* Donc médusée quelques jours, sur ce mot précis croisant au large disais-je, mon autre histoire, comme un paquebot (ou un voilier ?) en pleine mer en aperçoit un autre, chacun sur des tracés parallèles ou deux diagonales, les passagers sur les ponts respectifs s'observant un moment au loin, éventuellement se faisant signe, puis finissant par se perdre de vue.

Et les méduses peu à peu chassées par le courant de l'autre écriture.

— IV —

Partir du livre-talisman emmené avec moi.

Sur la première de couverture, au-dessus du titre, le nom composé contient toujours ce mystère sur lequel je m'étais déjà interrogée. Comme sur le fronton du tombeau, le premier revendique fièrement son hellénéité, le suffixe -*aki* manifestement restauré au détriment de son homologue corse en –*acci*. Le nom grec volontairement réaffirmé comme pour revenir aux sources du poème, donner au recueil un ancrage dans cette Grèce patrie des poètes, où s'enracine le plus antique chant du monde. L'ancêtre forme sans doute ainsi son vœu le plus cher : réaliser l'alliance de la nature et de la culture grecques par le nom, puisqu'enfant naturel de la Grèce, on va le voir à double titre, et par son statut d'homme de lettres, enfant de Cargèse devenu sans doute au prix de beaucoup d'efforts, brillant helléniste, grammairien, professeur *agrégé de l'Université*, comme il se plaira à l'écrire, je le découvrirai plus tard, et poète orfèvre de la langue, des rythmes et des rimes. Il n'est donc pas anodin que le fronton de la chapelle et la couverture du recueil arborent la même affirmation identitaire.

Ainsi le lieu du tombeau et celui de l'écriture sont indissociables. Après avoir fait relier le recueil, j'avais pressenti ces intimes correspondances. Songeant à l'histoire, en regardant les photographies du tombeau que j'avais prises avant son effondrement, les bribes d'un poème de Mallarmé, *Le Tombeau d'Edgar Poe*, m'étaient revenues de façon obsédante. J'avais alors écrit un texte en écho à celui-là sur le tombeau détruit.

Il faut du temps pour comprendre, affronter l'oubli. À présent seulement je commence à reconstruire à partir de mes premières intuitions, et ce nouveau morceau de puzzle ne m'est donné ni par l'état civil, ni par aucun témoignage. C'est au lent cheminement de l'histoire en moi que je le dois, au dialogue avec cet homme qui s'établit mystérieusement au-delà des mots, un presque inconnu de moi il n'y a pas trois ans, qui me devient peu à peu familier.

Il n'est donc pas étonnant que lui, le lettré, ait conçu ce projet de laisser une trace de ce qu'il avait été et voulu être, à la fois au travers du tombeau et de l'écriture, dépositaires indissociables de sa mémoire et associés dans les mémoires comme lieux communs, points d'ancrage de son souvenir. Aussi, ne laisse-t-il rien au hasard ; c'est le tombeau d'un poète qu'il construit et à travers lui, sa mémoire qu'il veut pérenniser. Celui qui de son vivant bénéficiait d'une reconnaissance littéraire suffisante pour que son recueil soit publié par l'éditeur des Parnassiens et des Symbolistes, devait être un fervent lecteur entre autres, de ce *Tombeau* de Mallarmé. Par quel itinéraire était-il arrivé jusqu'à cette maison d'édition renommée aujourd'hui disparue ? Je n'avais pas les moyens de le savoir. Mes recherches sur ce point n'avaient pu aboutir : les héritiers d'Alphonse Lemerre avaient fermé sa maison d'édition en 1965 et il n'était pas facile de partir en quête d'hypothétiques documents d'archives qui ne m'auraient probablement pas appris grand-chose de plus. Toujours est-il que, jouissant alors de toute la notoriété de sa position sociale d'Agrégé (manifestement le seul du village, à cette époque, rares étaient les lauréats) et de *propriétaire*, comme le désignent les documents cadastraux de l'époque, il ne pouvait que s'en remettre à l'instance communale et plaçait en elle toute sa confiance pour le respect de ses dernières volontés.

C'est à l'évidence un choix longtemps pesé qui le fait se tourner vers elle. Sans héritier direct, il avait dû juger imprudent de léguer ses biens à des petits cousins ou neveux, redoutant sans doute qu'ils n'en usent sans aucun discernement. Il avait dû les croire capables de faire tout à la fois tomber dans l'oubli le tombeau, le poète et le patrimoine qu'il avait acquis. De dilapider ses biens sans autre forme de procès. Il craignait éperdument sans doute que tout retourne en poussière, ou s'évapore dans l'innommé, l'anonymat. La disparition totale de ce nom fièrement porté et revendiqué dans la graphie de ses origines, la perte des traces, l'effacement de l'histoire, voilà ce contre quoi il avait eu à lutter. Et il avait perdu.

Autant que je puisse en juger à partir des quelques témoignages recueillis sur le testament, j'essaie d'avancer, de comprendre et reconstituer son cheminement. L'idée de ce legs à lui-même sous l'égide de la commune est à la fois d'une extrême simplicité et d'un orgueil fou, à la mesure de son besoin de reconnaissance. Une sorte de pari pascalien sur l'éternité qui tourne mal. Le raisonnement éprouvé comportant sans doute la plus faible part de probabilités d'échec devient le mauvais coup de dés qui jamais n'abolit le hasard. Il mise tout sur lui-même, son influence, son talent de poète qu'aucun de ses compatriotes et contemporains ne devait songer à contester, il mise tout sur ce village qui l'a vu naître et grandir, admirant sa réussite, meilleur garant à ses yeux de ses intérêts. Mais que sont les intérêts de cet homme sinon le désir de traverser le temps par la transmission de ses écrits, la trace de son passage, et qu'un jour lointain, sur la route de Porto, à la sortie du village, voyageurs ou habitants de Cargèse, les vivants qui lui succèderont, s'arrêtent et se recueillent un moment devant ce petit mausolée en disant *c'est le tombeau de l'Agrégé, vous savez, le poète…*

Et pour cette idée, il jette tout. Sur un plateau de la balance, il met toutes ses terres, sa maison qui s'avérera une des plus belles du village, son argent et sur l'autre il pose une demande en apparence tellement humble et dérisoire : que l'on veuille bien seulement, au fil du temps assurer l'entretien de son tombeau. Il joue, passe et manque. C'est compter d'abord sans l'ignorance de ceux pour qui *entretien du tombeau* signifiait *entretien du tombeau*, ils n'avaient pas lu Mallarmé, méconnaissaient en toute innocence les liens étroits de l'écriture et du temps, n'avaient donc pas entendu entre les lignes de ce testament pour l'heure invisible mais connu de tous, la supplique de celui qui voulait avant tout survivre par le souvenir de l'homme lettré qu'il avait été.

Il compte ensuite, par une extraordinaire candeur, sans la capacité d'indifférence des gens, de ceux pour qui entretien du tombeau ou devoir de mémoire seraient des mots vides de sens. Oublie, lui qui exhorte les siens à renoncer à la haine et aux vaines querelles, leur volonté de puissance ou de revanche, ou voudrait l'oublier, comme on le sent dans ce vibrant poème dont les vers sont encore dans les mémoires, hymne d'amour

À Cargèse, sous-titré Aspasmos, pour appeler les siens à la paix et à la réconciliation :

(...) « Nous étions tous unis, vivant comme des frères ;
Rien ne venait troubler notre séjour heureux ;
Chacun taillait sa vigne ou cultivait ses terres,
Fidèle au souvenir, au culte des aïeux.
Mais hélas ! Un fléau plus affreux que la peste,
Que nous a décoché quelque démon jaloux,
La sotte politique, au repos si funeste,
A semé la discorde et le fiel parmi nous ! »

Tout est presque dit et annoncé dans ces vers : Il a connu un village paisible, un paradis perdu d'avant la faute où les hommes étaient naturellement bons et respectueux des traditions, en particulier de ce culte des morts et des ancêtres qui lui fera si cruellement défaut. Ce temps révolu est évoqué noir sur blanc comme par une prémonition de ce qui l'attend. Il a vécu dans ce village harmonieux que n'aurait pas désavoué Rousseau, où soudain le désir de pouvoir sème le chaos. A quelle occasion écrit-il ce poème ? Sans doute en période électorale, à laquelle il fait encore allusion dans le recueil, où il voit se déchirer ceux qui vivaient jadis en bonne intelligence. Il sait tout, annonce et pressent la suite, mais l'humaniste qu'il est ne veut croire au triomphe de la haine ou de la malhonnêteté sur les hommes. Malgré les blessures que la vie lui a fait endurer, perceptibles au long du recueil, il veut croire en un monde perfectible, et lance cet appel aux siens à la fin du poème :

- Chez nos pères jadis, c'était une coutume,
À Pâques d'arborer l'étendard vénéré.

Cet heureux jour des cœurs bannissait l'amertume ;
Tous se groupaient autour de l'emblème sacré.
La scène était vraiment émouvante, admirable :
Ah ! Puissions-nous bientôt en fêter le retour !
Aspasmos ! Aspasmos ! Le papas vénérable
De sa vibrante voix chantait l'hymne d'amour ;
Et, pendant qu'éclatait dehors la fusillade,
Que les cloches lançaient leur concert vers le ciel,
Les Grecs devant l'autel se donnaient l'accolade ;
Jeunes, vieux échangeaient le baiser fraternel.
Amis, inspirez-vous de cet antique usage ;
Divisés aujourd'hui, soyez unis demain.
Écoutez mon conseil, car je le crois fort sage :
Oubliez toute haine et donnez-vous la main !

Ainsi, ce rêve utopiste de réconciliation et d'harmonie, de fidélité à la parole donnée et à la mémoire, d'instauration ou restauration de la confiance entre les hommes a dû présider à sa demande idéaliste – somme toute accessible et modeste : il ne cherchait qu'une reconnaissance locale, c'était bien le sens de son geste en direction de la commune – rester l'ombre tutélaire et bienveillante du village, et que l'on conserve le souvenir de l'homme qu'il avait été. Mais ce vœu, devenu volonté affirmée par le testament, est balayé sans pitié. Les aspirations d'éternité jetées aux oubliettes, à la fosse commune ou presque. Autrement dit, celui qui croyait par ce choix altier s'assurer une postérité, programme en réalité son naufrage. Le pire sans doute à ses yeux, voilà ce qu'il se lègue à lui-même. Comment ne pas être touchée par cette triste ironie du sort ?

— V —

À Cargèse la mairie est un lieu familier et familial où les habitants se rencontrent, où l'on échange des nouvelles, où le terme de maison communale prend apparemment tout son sens. Chacun semble s'approprier cette convivialité au point que l'autre jour, une personne venue y régler quelques affaires, appelée sur son téléphone portable, a répondu à son interlocuteur : « *Je suis chez Marie-Jeanne* », tant cette dernière incarne à elle seule tout le sens du mot accueil. Il règne là une joyeuse sérénité. J'y arrive un matin, avec mon recueil sous le bras, pour prendre contact avec la première adjointe qui avait répondu si favorablement à mon courrier et se trouve là, à converser avec des gens du village. On me présente, j'explique en quelques mots ma recherche et mon projet, je fais des envieux avec mon livre, on commence à parler de l'ancêtre. Très vite, de l'incomparable accent chantant, ligne mélodique en langue corse et paroles en français, on me parle de sa maison : *Vous ne connaissez pas la maison de l'Agrégé, la Bella Vista ? C'est celle qui se trouve en haut du village. Je connais très bien son propriétaire. Il doit pouvoir vous renseigner. Je vais vous le faire rencontrer...* Précieux appui que cette dame énergique et chaleureuse, très impliquée dans la vie associative du village, propose très spontanément de m'apporter ! Maguy me prend aussitôt sous son aile et nous obtient sans tarder une entrevue avec le maître des lieux. Avant le rendez-vous, je ne peux bien sûr m'empêcher d'aller voir : il y a si longtemps que je parcours ces rues en me demandant laquelle de toutes ces maisons avait bien pu être la sienne.

Quand je la découvre, c'est un choc : oui, j'avais rêvé d'une maison à la façade rose vénitien, à demi cachée par la végétation exultante d'un jardin méditerranéen, je me l'étais même représentée avant de savoir qu'elle existait. Et à présent elle est là, devant moi, à vrai dire plus belle encore que je ne l'avais imaginée. Rien d'ostentatoire, pas de vaine démonstration. Simplement et sobrement là dans sa plénitude, posée, solaire et solitaire, pourtant proche des autres et respirant la paix, le recueillement, en accord parfait avec le jardin, de la haie de lauriers rose pâle en fleurs aux enchevêtrements de poivriers, micocouliers, lilas et mimosas, les persiennes vert passé aux contrevents à peine ouverts, comme une modeste jeune fille baisserait les yeux en rougissant de sa beauté radieuse. Quelle étrange prémonition ou apparition m'avait fait décrire en quelques lignes cette maison deux ans avant de la voir ? C'était à croire en effet, les relisant, que mon immersion progressive dans l'histoire établissait des liens mystérieux, une communication secrète au moyen desquels je finissais par me laisser guider.

L'après-midi même, nous sommes accueillies très civilement dans le jardin où on nous sert des *rafraîchissements*. L'actuel propriétaire est un homme affable, heureux de nous parler du passé de sa maison et de nous apprendre comment il en a fait l'acquisition. Pas de dates précises, mais il raconte qu'elle avait été vendue aux enchères après la mort de l'Agrégé, ce que j'avais déjà entendu dire au hasard de mes rencontres. Dans le village, on rapporte même avec des airs mystérieux que des scellés avaient été posés avant cette vente. J'avais aussi appris d'une vieille dame que dans le même temps tous les objets et les meubles avaient été vendus et dispersés. Elle-même possédait un vase en opaline qui provenait de la maison.

Quand je demande à mon hôte si on a trouvé dans le grenier des documents, des lettres ou manuscrits peut-être, ayant appartenu à mon ancêtre, il répond négativement : lui-même arrive plusieurs années après que tout a été débarrassé. Même les caves ont été vidées de leur contenu pour être réaménagées. Je brûle de demander d'entrer dans la maison pour m'imprégner de son atmosphère, du secret de ses murs. J'aimerais pénétrer dans le bureau de l'Agrégé dont on nous parle avec fierté, afin d'éprouver si le lieu a conservé un peu de son âme malgré le nettoyage radical du passé, la disparition de tous ses occupants inanimés, dans le meilleur des cas témoins désormais muselés, hors d'état de nuire, de celui qui les avait sans doute assemblés et disposés dans chaque pièce avec le plus grand soin. Mais je n'ose en faire la demande et on ne me le propose pas.

Je ressors attristée de cette nouvelle incursion dans le passé qui me renvoie une fois de plus à la disparition, à l'opacité des traces, au silence et au vide.

A chaque jour suffit sa peine ; sur la plage, je marche longtemps, je photographie des algues entre les rochers, puis au retour dans les rues, des fleurs qui bordent les murs des jardins pour faire écho au titre du recueil : mon dialogue avec lui, une façon de lui rendre hommage, et de le réconforter. Au moins la nature établit un lien contre l'oubli, une forme de continuité, atténue le sentiment de rupture.

Depuis la phrase lancée le matin au vieux Corse prenant le frais sur sa terrasse, j'ai traversé une grande plage de silence paisible que rien n'est venu troubler jusqu'au soir. Sur l'autre plage, celle de sable fin, j'ai seulement croisé une petite méduse en sortant de l'eau, presque aussi transparente qu'elle, à propulsion très discrète et faisant manifestement tout son possible pour passer inaperçue. Nous avons rapidement jugé l'une et l'autre qu'il était préférable de poursuivre notre trajectoire comme si de rien n'était.

Je fais le décompte des jours avant le départ qui va m'éloigner de ce que je considère comme l'essentiel, me décentrer, m'obliger encore pendant des mois à avancer à contre-courant, mais ce matin-là le soleil n'est pas encore levé, et sur l'écran les mots arrivent sans se bousculer, je prends le temps de les laisser trouver leur place, plus un filet d'eau qui prend sa source qu'un flux torrentiel. Sereine, j'accepte les ratés, les temps de tarissement où les mots ne tombent plus que par intermittence, goutte à goutte. J'attends, et la source revient que je guide doucement jusqu'à une heure avancée de la nuit. Bref sommeil en pointillés. Avant le lever du jour je prends mon carnet toujours près de moi depuis le début de l'été et pas encore touché, laisse courir les phrases sur le papier. Sans précipitation. Même si elles transportent du sable, si l'eau est un peu trouble, je choisis de ne rien filtrer pour le moment. Avance sans relire, sans regarder en arrière. Laisser faire simplement, plus tard, il sera temps.

L'écriture en moi ne cohabite pas très bien avec le sommeil. N'est pas venue facilement non plus depuis mon arrivée. Il a fallu du temps, de la solitude, et laisser déposer ces particules qui venaient troubler les eaux. M'imprégner doucement des lieux, écouter les gens rencontrés et déambuler dans les rues, capter les bruits, la respiration du village qu'enfin il m'est donné de découvrir de l'intérieur et non plus comme une touriste de passage. M'offrir ce luxe de prendre le temps malgré le compte à rebours de l'été finissant, ignorer que c'est le surlendemain que je devrai quitter les lieux.

Sur les registres de l'état civil, au matin, je fais une découverte qui compte, d'autant que le temps presse : je trouve l'acte de naissance de mon ancêtre et constate avec étonnement que ce n'est pas un homme qui lui transmet son nom, mais sa mère, ce qui n'est d'ailleurs pas pour me déplaire. L'acte indique « *fils naturel de la demoiselle Caglina Drimaracci...* ». J'aime immédiatement ce prénom et cette femme qui surgissent dans l'histoire. Peut-être est-il de père inconnu. Aussi cet enfant sans père s'amarre-t-il, en conservant le nom grec, à des racines solides qu'il peut arborer avec fierté, gommant ainsi la douleur du manque en mettant en avant ce qui lui permet d'affirmer une identité forte, incontestable.

Le choix de la jeune mère est ainsi formulé : «*...Caglina Drimaracci, laquelle lui a donné le prénom de César* ». Un prénom sûrement à la mesure de la fierté maternelle, de son courage aussi d'ouvrir ses bras à l'enfant *naturel*, et de tous les espoirs qu'elle place en lui, les poèmes du fils en témoignent à diverses reprises.

Garder le nom de la mère en regardant la Grèce au-delà de la Corse, c'est peut-être le moyen qui lui permet de le porter sans rougir. Ce qui ne lève ni l'énigme de sa naissance, sur laquelle il faudra revenir, ni celle du deuxième nom attaché au premier : *Servó*, avec cet accent sur le o. Est-ce le patronyme d'un père trop tôt disparu pour avoir le temps d'épouser sa mère ? Aurai-je un jour la réponse à cette question ? J'arrive là presque un siècle après sa disparition, autant dire que les anciens du village ne sont pas assez anciens pour m'aider, certains d'entre eux n'étaient pas encore nés quand il meurt.

Je reviens à la première de couverture. Outre le titre et le nom, y figure celui de l'éditeur, au-dessous d'un dessin censé représenter la maison d'édition, logo avant la lettre, qui n'est pas sans ironie dans ces circonstances. On voit au premier plan un personnage (mythologique ? biblique ?...) dans son plus simple appareil, semblant creuser son sillon — ou sa tombe... ? L'idée serait hélas plus conforme au destin du poète — dans un champ au lever du soleil, avec au lointain un village miniaturisé pour signifier la distance ; la gravure est surmontée d'un ruban festonné sur lequel figure la formule latine *Fac et Spera*, vaine exhortation en ce qui le concerne quand on sait le peu que l'on sait de ce poète disparu qui a tout fait, tout espéré et tout perdu. Et ce peu que je sais, il faut bien le dire, un siècle après, pour saluer sa mémoire oubliée, tenter à ma façon, avec les moyens dont je dispose, de reconstruire symboliquement son tombeau en miettes, restaurer les tristes vestiges d'une splendeur locale à présent échouée.

À bâtons rompus, (mais est-il possible de procéder autrement dans cet écheveau ?), je me fais quelques réflexions à propos de l'acte de naissance : l'enfant se prénomme César. C'est d'ailleurs par l'état civil que je l'apprends puisqu'il est curieusement escamoté à la fois sur le fronton du tombeau et la première page du recueil, comme si cet homme avait choisi, avec un certain sens de la mise en scène, de laisser à la postérité une trace solennelle de son passage, occultant son prénom (jugé trop *romain*, pas assez *grec ?)* et s'en tenant à la double identité de ses deux patronymes. Peut-être avait-il déjà tenu de son vivant à marquer une distance avec les autres, se distinguer d'eux et se garder d'une familiarité liée à l'usage du prénom. Aussi, devait-il volontiers s'entendre appeler *l'Agrégé* puisque ce surnom le désignait par sa fonction et son titre, dont il ne pouvait manquer de tirer une certaine fierté.

Sous le dessin figure l'inscription :

Paris

ALPHONSE LEMERRE, EDITEUR
23-31, PASSAGE CHOISEUL, 23-31

MDCCC XCVII

Le deuxième nom, *Servó*, sur la première de couverture, et que l'on peut distinguer sur le fronton du tombeau en zoomant sur les photographies prises au temps où il tenait encore debout, reste à mes yeux d'une grande opacité. Si c'est le nom de son géniteur, on doit pouvoir en retrouver la trace sur les registres de l'état civil. Mais la piste du fils naturel de père inconnu ne me satisfait plus au matin. Les poèmes relus la veille évoquent clairement un deuil. La tentation d'une lecture psychanalytique ne doit pas faire exclure ma première idée d'un père disparu avant de reconnaître l'enfant. Si peu de traces me guident, il faut l'écouter, le poète, le croire, le prendre au mot et le suivre. Entendre la sincérité et l'émotion, mais dans un premier temps, d'abord et plus simplement m'en tenir au pied de la lettre. Voilà ce qu'il écrit dans le tendre poème liminaire adressé à sa mère :

Enfant, je n'ai connu ni craintes ni tristesses :
Avec un soin pieux tu me cachais ton deuil.

Un peu plus loin je retrouve cet émouvant poème intitulé *L'Orphelin*, tout entier marqué par le chagrin et qui se termine par ce triste quatrain :

Quand je vois un enfant à côté de sa mère,
Tout habillé de noir et le crêpe au chapeau,
J'en ai le cœur tout gros, car je songe à mon père
Que la mort me ravit, hélas ! Dès le berceau.

Relisant ces textes je me demande comment j'ai pu passer à côté de cette évidence. Beaucoup de questions surgissent tout de même, dans le sommeil agité de la nuit, où les bribes de poèmes dansent et s'entrecroisent dans mes rêves à demi éveillés, tandis qu'insensiblement l'idée s'impose à ma conscience : c'est dans les registres de l'état civil que je dois aller chercher la clé des derniers vers.

Au matin, je fonce à la mairie dès l'ouverture.

Là, en moins de cinq minutes, j'ai la confirmation des paroles du fils, le mot de la triste fin balaie toutes les fausses pistes interprétatives : sur le registre de 1849, année de naissance de César, sur la table annuelle de tous les mariages, décès et naissances enregistrés, dont la liste est assez longue, il est là, et je ne peux douter un instant que c'est bien lui. La vraie raison du choix de Caglina est devant moi : elle prénomme son enfant César, comme son père mort une semaine avant la naissance de son fils.

Jean César Servó décédé le.........27 Octobre

Et quand je me reporte à la page qui correspond au numéro d'enregistrement de l'acte, ils sont même là tous les deux, tragique ironie du sort, côte à côte sur la double page du livre ouvert des registres : le père sur celle de gauche, et le fils, dont le prénom s'éclaire ; décès du premier, et quelques jours plus tard, au début du mois de novembre, le 5 précisément, le second vient au monde. La veille, je n'avais rien vu d'autre que l'acte de naissance, sur la page de droite, et pour cause, puisque ce nom *Servó*, qui figurait pourtant sur la table annuelle du registre, est absent de l'acte lui-même. Un mystère levé en fait donc surgir un autre. Il s'agit bien de la même date, du même homme, les prénoms et numéros du document l'attestent, mais le nom mentionné est ici *Stéfanopoli*.

Je m'interroge sur sa présence inattendue. On me conseille de l'interpréter avec circonspection : seul le prestigieux patronyme du notable conduisant la colonie grecque à son arrivée en Corse, *Stephanopoli de Comnène*, est à considérer : les Grecs de Cargèse fascinés par cet homme, s'attribuaient parfois ce nom d'autant plus facilement qu'ils étaient autorisés à le faire, se considérant sans doute symboliquement les enfants de celui qui les avait guidés jusque-là ; c'est en tout cas l'ébauche d'une possible explication. Au bas de l'acte de décès, je vérifie la pertinence de cette remarque en observant les noms composés des deux hommes venus faire la déclaration : Pierre Pietrulacci Stefanopoli et Michel Corizzi Stefanopoli.

Il faut ensuite déchiffrer, la reliure escamote la fin des lignes, l'écriture parfois peu lisible comporte des taches, des ratures, des erreurs, lacunes, fautes d'orthographe du consciencieux officier de l'état civil chargé de consigner les événements, des confusions de mots — le toscan n'est pas loin, d'ailleurs les registres de la commune sont rédigés dans ce dialecte italien jusqu'en 1845 — auxquelles s'ajoutent les outrages du temps sur l'encre et le papier, sorte de palimpseste où se superpose en filigrane inversé l'acte qui figure au verso de la page. Même si beaucoup de choses m'échappent à une première lecture, je reste interdite en comprenant l'essentiel : le père de César a été assassiné.

Ce document qui a tout de même tant bien que mal traversé plus d'un siècle et demi n'est pas un simple acte de décès. Il fait office de rapport de police, de première pièce à verser au dossier d'instruction pour le procès qui a dû s'ensuivre, d'article de presse et de témoignage que toute la population du village peut consulter puisque les circonstances particulières de cette mort appellent un développement.

Cette lecture lacunaire me bouleverse comme si l'événement venait d'avoir lieu, comme si le destin par-delà le temps me faisait rencontrer des êtres chers et les perdre au même instant. Transcription telle que déchiffrée, à quelques lettres près :

Dans la marge : « *N° 66. Décès de Jean César Stefanopoli* »

« *L'an mil uit cent quorantineuf, le vingt sept Octobre à cinque heures de relevé, par devant nous Fieschi Joseph Antoine adjoint municipal ff. de M*—le reste est avalé par la reliure—*de la Commune de Cargèse, Canton de piana ; arrondissement D'ajaccio, département de la Corse, se sont présentés les sieurs jean batista piantanelli, et jean Andreani tous les deux laboureurs, domiciliés et demeurant à Cargèse les quelles nous ont déclaré le décès du sieur jean César Stefanopoli, âgé de trent ans anvironst, domicilié et demeurant dans cette Commune, percepteur du Canton de Piana décédé en la Commune de Piana ier à midi à la suite d'une blessure grave à l'oi* (ou « *à la* », avec une tache sur le deuxième a, mais alors il manquerait un mot) *faite par le...* mot illisible et coupé par la reliure - ce n'est ni *le tir*, ni *le coup*—*d'une arme à feu, dans l'exercice de ses* (hésitation de l'adjoint sur le s ou c de *ses*) *fonctions au lieu dit* <u>*Castagna,*</u> *teritoire de Piana, l'un-di dernier, vingt-...* mot effacé (*deux*, peut-être...) *du courant mois à deux heures et demie de relevé, par les sieurs jean b... et jurdan b... ; tous les deux bergers, domiciliés et demeurant à Piana, auteurs de cet assassinat ; le décédé ayant été transporté aussitôt dans notre commune pour y recevoir l'inumations, la présente déclarations a été faite par devant nous en présence des sus* (le mot qui suit est effacé) *pierre pietrulacci Stefanopoli, officier de santé, et michel Corizzi Stefanopoli, Cordonier, tous les deux domiciliés et demeurant à Cargèse, et tous ont signé avec nous au bas du présent acte de décès. Fait à Cargèse—les jour, mois et an que desus approuvé...* suivent un mot indéchiffrable et les signatures, *Giovani Andreani, Giovanbatista Giantanelli, Pierre Petrulacci, Michel Curizzi Stefanopoli, Fieschi.*

La journée s'écoule presque au même rythme que les précédentes. Un moment à la plage, retour à la maison, écriture à mon poste de guet, de la terrasse sur le toit, mais à chaque minute je suis habitée par cette nouvelle découverte.

Le soir, avant le coucher du soleil sur la route de Porto, je gare ma voiture non loin des restes du tombeau, je franchis aisément le mur éboulé pour accéder aux décombres – on ne peut plus entrer par la grille maintenant envahie par les lentisques, les myrtes et les cistes – et je photographie les ruines.

Il m'est parfois arrivé d'observer que le sujet photographié, vivant ou inanimé, résiste. Qu'il s'agisse d'un paysage ou d'un portrait, il n'y a alors rien à faire, ce n'est pas le bon moment. Il faut être patient, puis tout à coup, on le sent, quelque chose d'imperceptible se dénoue, comme un consentement face à l'objectif, et on sait que l'on peut y aller. J'ai souvent ressenti cela avec mes enfants depuis leur plus jeune âge. Je sais intimement en observant leur visage que l'instant est bien choisi pour les *prendre en photo* – quand on songe à la violence de l'expression, on comprend que l'exercice soit difficile, et que le sujet devenu objet ne se laisse pas si aisément attraper au lasso. Bien sûr, la luminosité extérieure compte pour beaucoup, mais c'est la lumière intérieure, la transparence des êtres et des choses qu'il est essentiel de saisir. Douceur et attente font plus que force ni que rage. D'ailleurs, avec le numérique, on n'*arme* plus son appareil. Je ne suis pas photographe, mais je crois à une mystique de la photographie, je l'ai vérifiée sur les ruines de la chapelle.

Ce soir-là est un moment de grâce. Le lieu si retranché et difficile d'accès s'ouvre à moi. J'ai dû l'apprivoiser sans y prendre garde. Comme si toutes ces années de lente approche, jusqu'à cette journée à méditer sur les tristes destinées des occupants du tombeau me permettaient enfin d'en franchir l'enceinte effondrée en m'y sentant attendue et accueillie. Je perçois la légèreté et l'évidence de ma présence amie. Je me sens reconnue, moins par l'esprit impondérable de mes ancêtres que par le lieu lui-même qui en garde la trace dans chaque débris, chaque fragment minéral ou végétal. Je l'éprouve ici profondément comme un imperceptible murmure :

La nature est un temple où de vivants piliers
Laissent parfois sortir de confuses paroles.

Sur ce territoire minuscule, en effet, il semble qu'elle ait mobilisé et concentré ses forces pour se substituer à la sépulture détruite et abandonnée des hommes, dans une sorte d'élan concerté de ses moindres parcelles. Sur les quelques mètres carrés de décombres, une sorte d'îlot de végétation s'est tissé au fil du temps, entrant en résistance comme pour protéger, enserrer, isoler. De l'autre côté du mur éboulé, il y a l'hostilité ou l'indifférence du monde, contre laquelle arbustes, ronces, herbes et plantes sèches enchevêtrés ont dressé une barrière que personne ne songe plus à franchir.

J'y retourne la veille de mon départ à différentes heures pour trouver l'instant le plus propice et je recommence, prenant posément des dizaines de photos. À chaque fois, une voiture passe et repasse devant la mienne, tout de suite repérée semble-t-il, j'ai l'impression qu'on m'observe de loin. Je continue avec une sorte de chagrin calme, tenu à distance par l'objectif de l'appareil, sans me laisser intimider par cette étrange sensation d'être épiée. Nul désir de dénoncer dans mon geste, pas l'ombre d'une accusation. Je cherche simplement à capter la beauté de ces débris pour en conjurer le désastre muet.

J'ai beaucoup appris pendant ces douze jours. C'est la fin de l'été et je dois hélas plier bagage, laisser la maison, mon repaire de la terrasse sur le toit et rentrer. La tristesse m'accompagne, comme à chacun de mes départs. Le temps de la route entre Cargèse et Ajaccio, à chaque virage, je m'emplis de cette beauté. J'ai toujours la sensation de laisser ici un peu de moi en partant. Je retrouverai cette part manquante à mon prochain retour ; au fond, elle n'est pas si mal gardée. J'emporte en échange le rêve de cette île qui sommeille en moi. Adolescente, plusieurs fois j'avais voulu faire un grand bouquet de toutes les plantes du maquis, espérant en garder toute l'année à venir l'incomparable parfum de ses essences mêlées. Mais jamais je n'y étais arrivée. Ce sentiment d'exil et d'insularité pourrait faire sourire : puisque je ne suis pas née sur cette terre, que je n'y ai d'autre attache que celle du cœur, quelle légitimité ai-je à m'y sentir enracinée ? Cela revient à la question du degré de parenté avec l'Agrégé. Si j'ignore mes liens familiaux avec lui, et s'ils s'avéraient même inexistants, de quel droit exhumerais-je son passé ? *Mon affaire est d'aimer*, dit une Antigone que je connais bien, et je fais cette réponse avec elle. Il en est ainsi avec cette histoire que je porte depuis longtemps, cela ne peut être autrement. Je ne possède rien ici, mais j'ai la fierté d'être au moins l'héritière d'une mémoire oubliée.

Les lignes qui suivent sont écrites pendant la traversée. Après, du temps encore a passé.

Il y avait du monde en ce jour de l'an mille huit cent quarante-neuf dans la salle communale de l'état-civil, rue Marbeuf. C'était peut-être une de ces journées radieuses d'automne où l'air est transparent, où la lumière délicate fait vibrer chaque feuille, où les courants dans la mer dessinent des chemins mystérieux sur l'étendue presque immobile. Il faut imaginer la nouvelle répandue dans le village comme la traînée de poudre du coup fatal, le silence consterné des villageois, les femmes en noir se signant au passage de ces hommes marchant vers la mairie, les hommes serrant les dents, le regard perdu, cherchant quoi au lointain, quelques phrases lâchées sans doute, pour commenter ce crime survenu au cœur de la communauté grecque. Que pouvaient-ils penser de ce jeune homme assez instruit pour être agent de l'administration d'état, cette nouvelle tutelle française, jeune percepteur en l'occurrence dans l'exercice de ses fonctions, mort pour la France apparemment. Victime d'un acte de résistance ? Autrefois les bergers étaient manifestement assez chatouilleux dans la région ; le percepteur, on devait le voir arriver de loin et l'on n'hésitait pas, le cas échéant, à s'en prendre à un représentant de l'état.

Certains Corses autochtones ont dû pester contre la France, et penser qu'il l'avait cherché, ce jeune grec qui s'était mis au service de la nation fraîchement établie sur l'île et sûre de ses droits. Voilà ce qui arrive quand on choisit ce camp. Pour prélever de l'argent aux braves gens, de surcroît. Le statut d'assassin ou de bandit trouve un ancrage historique dans l'île et ne manque pas d'un certain panache. Le crime y est volontiers politique, ou question d'honneur. Ailleurs, un criminel reste un criminel, souvent exclu des hommes, objet d'opprobre, d'un jugement moral sans appel.

Ceux de la communauté grecque ont sans doute simplement été touchés par ce deuil, la mort d'un homme si jeune, un des leurs, n'ont pas cherché à raisonner et se sont regroupés, resserrant leurs liens, en communion dans ce malheur.

Et quel regard sur cette jeune femme, Caglina la douce, je me répète son prénom, et notre nom à toutes deux par-delà les générations – quel âge peut-elle avoir ? Vingt-cinq ans peut-être, je n'ai pas eu le temps de rechercher sa trace sur les registres, ce sera la prochaine fois – quel âge la future mère, la jamais épousée, frappée en plein cœur par cette mort, alors que dans son sein, cet enfant qu'elle protège et nourrit et chérit déjà est prêt à venir au monde. Comment l'apprend-elle ? Je préfère ne pas l'imaginer, les scénarios catastrophes dans ce domaine je connais, trop facile, je pourrais en écrire trois pages, et pourtant des images me viennent comme dans un film au ralenti, mais cela, chacun peut se les raconter, je les refuse ces visions qui surgissent malgré moi, les larmes avec, la gorge nouée, je détourne les yeux de mon clavier pour les chasser, et je me souviens que je suis en pleine mer, sur le bateau du retour. Par la fenêtre de la cabine, plus grande qu'un hublot, passe un grand voilier blanc où s'accroche mon regard, Caglina, c'est elle, Caglina, un voilier blanc sur l'immensité.

Peut-être avait-on jasé sur le jeune couple pas encore marié. Ce Jean César qui avait fait un enfant à la petite sans l'épouser. Et maintenant quelle tristesse, ce serait un bâtard à jamais. Peut-être certains avaient-ils pensé ou dit cela, mais les gens de ce siècle étaient plus libres qu'on ne le croit, on se mariait souvent après la naissance du premier enfant.

Oui, je me plais à les imaginer vivant ensemble déjà, au lieu de songer qu'elle était encore chez ses parents, future fille-mère, ou que la famille du jeune homme, plus aisée peut-être, se serait opposée à leur mariage, ou que leurs familles rivales auraient d'un commun désaccord empêché leur union. La copie de l'acte de décès de Jean César montre d'ailleurs que ce n'est sûrement pas une différence de classe sociale qui fait obstacle. Les deux représentants du clan Stefanopoli, Pierre et Michel, sont respectivement officier de santé et cordonnier. Pour l'acte de naissance, qui conforte l'idée première, Fieschi est encore aux commandes, mais ce jour-là il se lâche, l'adjoint, il semble avoir écrit à la hâte, l'écriture n'est pas aussi serrée, élégante (malgré les fautes) et appliquée que lors de l'annonce du décès : il faut dire qu'il devait y avoir alors tellement de solennité dans l'air, il n'avait qu'à bien se tenir avec ces quatre paires d'yeux braquées sur lui, et au-dehors tout un village en état de choc, lourd de cette funeste nouvelle, la tâche de scribe n'avait sûrement pas été facile ; nommer les faits, écrire « *cet assassinat* », non, ce ne devait pas être rien. Sur l'acte suivant je constate le même relâchement dans l'écriture un autre jour, il devait donc bien être un peu cloué et noué l'adjoint Fieschi, quand il avait pris acte du décès de Jean César Stefanopoli Servó, le père du poète.

Je reviens à ce jour de la naissance de l'enfant :

« *L'an mil huit cent quarante neuf le cinque du mois du novembre par devant nous fieschi adjoint municipal ff* (faisant fonction) *de Maire* (rétrospectivement, combler les trous du document précédent : donc c'est bien ce même mot *Maire* qui n'était pas lisible sur l'acte de décès) *de la Commune de Cargèse Canton de Piana arrondissement D'ajaccio–département de la Corse–que présent* (mot ajouté au-dessus de la ligne) *le Sieur françois Drimaracci laboureur lequel nous a présenté un enfant du sexe masculin né ce jour-dhuit – fils naturel de la demoiselle Caglina drimaracci, laquelle lui a donné le prénom de César ; laquelle déclarations a été faite en présence* (mot oublié et rajouté sans doute à la relecture dans la marge) *de paulin drimaracci et de françois xavier drimaracci* (ici grosse rature, pour rajouter le prénom de Xavier par-dessus le nom de famille barré puis récupéré ensuite) *officier de santé, qui ont signé avec nous après lecture. Ledit paulin drimaracci il a déclaré de ne savoir pas signer.* L'acte se termine par trois signatures qui se chevauchent plus ou moins : *Arrighi* (À moins que cela ne signifie autre chose… ?), *François* (rature) *Xavier Drimaracci*, l'éternel *Fieschi* et un gri-gri illisible, sûrement une intervention amicale pour venir en aide à ce Paulin qui ne sait pas signer ; ce n'est pas à mettre sur le compte d'une dérobade, il est fréquent à l'époque de ne savoir ni lire, ni écrire, ni même signer.

Donc ils arrivent avec l'enfant le jour même de sa naissance et le brandissent devant l'officier de l'état civil, – c'est la coutume en ce temps-là, on est fier de l'événement et on fait son devoir de citoyen, on n'est plus dans ces périodes d'obscurantisme où le recensement était aléatoire, où l'on ignorait le jour, le mois et même l'année de naissance – tous les nourrissons sont présentés ainsi, preuves vivantes indispensables des déclarations de leurs proches. Là, il ne suffit pas de dire, il faut montrer ! À peine né l'enfant quitte un moment les bras de sa mère pour ceux des hommes de la famille et traverse le village pour être conduit à la mairie. Et il y a du bonheur sans doute dans ce parcours, cette entrée dans la salle municipale, une naissance, un heureux événement pour tout le monde, les gens du village approuvent, sourient, opinent, les vieux sur les bancs, c'est la vie qui continue.

— VI —

Un saut de douze mois encore, avant de reprendre le fil. Hors de l'île, jusqu'à présent, le puzzle insulaire est donc resté en suspens. Je poursuis par strates et sédimentation. Un travail de Pénélope par la durée, le principe d'émiettement, le retour au point de départ. Une histoire qui s'effrite et file entre les doigts, à laquelle je reviens avec une calme obstination. J'écris donc ce qui suit, mais retourne très souvent sur le métier en amont, pour reprendre ce qui avait été laissé en cours, étoffer la trame, resserrer des interstices. Depuis l'année précédente j'ai délaissé le carnet toujours là pourtant près de moi, au profit de l'écran, espace privilégié de surimpressions et d'effacements. Ce n'est pas un journal. Pourtant, j'avance parfois au jour le jour ou à très peu de distance de ce que j'ai vécu, appris, ressenti, entendu. Mais beaucoup d'écriture rétrospective s'impose, faute de temps, par la nature même de l'histoire qui se tisse tandis que je reprends mes investigations.

Au nouvel été, donc, j'ai filé chez ma cousine providentielle qui m'a donné en souriant les clés du paradis, j'ai sauté dans le premier bateau une semaine avant la date prévue et me voilà ici au cœur du village et d'une grande solitude depuis près de dix jours. Je reprends le cours de l'enquête, pose des jalons. Je me repose, laisse venir. Je retrouve avec bonheur la terrasse sur le toit ; devant moi se déploie à nouveau cette merveille : l'arc de cercle du village rassemblé en amphithéâtre autour des deux églises qui se regardent, se donnent la réplique à heures fixes, ponctuent le temps, actrices impassibles et solennelles de la pièce d'éternité qui se joue ici avec la mer en toile de fond.

A sillonner matin et soir toutes les rues pour la promenade du chien, nouvelle recrue d'un an dans cette aventure, j'en découvre plus encore que l'année d'avant les recoins, les maisons, la circulation selon le tracé géométrique de sa construction, la pulsation intérieure. De la terrasse, les bruits de la rue me parviennent légèrement atténués, j'entends les cris des enfants, les aboiements des chiens, les voix qui se répondent. Une loi de Méditerranée ? Des voix de femmes je distingue seulement la musique, et ne perçois pas fréquemment les mots. Les hommes parlent haut et fort avec ce timbre si particulier qui fait de tout Corse un chanteur polyphonique en puissance. La voix porte loin, et on ne craint pas le cas échéant de projeter l'intimité domestique dans la rue. Certains n'hésitent pas à crier, laisser jaillir un accès de colère. Ce sont le plus souvent les enfants qui font les frais de ces explosions. Ce soir un bébé en pleurs a été stoppé net par les vociférations menaçantes d'un père ou grand-père excédé. Un curieux silence a suivi, parcourant la rue pendant quelques secondes.

Échange de paroles un soir avec l'hôtelier en apparence un peu plus enclin à communiquer que l'année précédente, mais je n'en attends plus de grandes révélations. Il me lance tout de même le nom d'une dame âgée, maintenant aveugle, qui peut détenir quelques souvenirs utiles.

Je retourne à la mairie deux jours consécutifs pour consulter les actes de l'état civil, les premiers que possède la commune : ils débutent à l'année 1820. J'espère y trouver les traces de la naissance des parents du poète, Caglina et Jean César. Peut-être m'éclaireraient-ils sur les origines sociales des deux familles, ou les raisons pour lesquelles les jeunes gens n'étaient pas mariés juste avant la naissance de l'enfant.

Je voudrais aussi lever le mystère de la maison : j'ai besoin de comprendre comment l'Agrégé l'acquiert. Est-ce un héritage de sa mère, ou bien sa situation de professeur au lycée Masséna de Nice, m'avait-on dit un jour — à l'époque, cette position sociale était enviable et jouissait d'un tout autre prestige qu'aujourd'hui — qui lui permet de l'acheter ou de la faire construire ? Mais où trouver les réponses à ces questions ?

Mes recherches à la mairie sont moins fructueuses que l'été précédent. Pas trace de l'acte de naissance de Caglina, que j'aimerais tant faire exister et mieux me représenter jeune fille. Qui étaient ses parents, avait-elle des frères et sœurs, dans quel environnement familial avait-elle grandi ? Son milieu était assez modeste, à n'en pas douter, d'après le peu d'indications qu'apporte l'acte de naissance de César. François, vraisemblablement le père de Caglina — c'est lui qui vient présenter l'enfant — est laboureur. Des parents qui l'accompagnent pour venir faire la déclaration, oncles ou frères, Paulin ne sait pas signer, et François Xavier, celui qui paraît avoir la meilleure position sociale, est officier de santé. Qu'avait-elle vécu l'année de la conception de son fils, jusqu'à ce jour funeste de fin Octobre 1849 où Jean César Stéfanopoli Servó, le père de l'enfant à naître, jeune percepteur de Piana, allait — le cœur léger sans doute, tout au bonheur de l'arrivée prochaine de son fils, car il rêvait sûrement comme tout homme du sud, qu'un garçon soit l'aîné de la fratrie à venir—allait oui, au détour d'un chemin à la rencontre fatale de son destin ? Dans toutes mes reconstructions à la recherche de la vérité, je ne peux décidément rien imaginer d'autre qu'un amour partagé entre Caglina et Jean César, même s'ils n'étaient pas mariés. C'est probablement un faisceau de circonstances qui me fait éprouver ces affinités avec elle : moi-même jamais mariée bien que mère de trois enfants, j'aurais pu l'être, si je n'avais aussi été confrontée à un désastre.

Voilà comment se tissent les liens de parenté et comment je peux, dans les fouilles de cette archéologie patronymique et insulaire, m'offrir le luxe de *choisir ma famille*.

En tout cas ce que me dit encore l'acte de naissance de son fils César, c'est qu'elle n'a pas été rejetée par les siens, bien au contraire.

Ces pensées me font renouer doucement le fil de mon histoire laissée en sommeil. Je les avais tenus ainsi quelques mois devant la mairie, arrêt sur image, prêts à en franchir le seuil, tous ces hommes de la famille venus en force présenter le nourrisson à l'officier de l'état civil, c'est dire si Caglina, fille ou sœur de ce François, laboureur, qui porte le nouveau-né, est soutenue par sa famille, nouvelle preuve que l'union, même illégitime, est acceptée et assumée par l'ensemble de la communauté familiale. La jeune mère n'est pas une de ces *filles mères* mises au ban de leur entourage. Cet enfant, s'il n'est pas reconnu—et pour cause—par son père, l'est bel et bien par tous les hommes du clan maternel. Pas l'ombre d'un Stefanopoli ou d'un Servó dans cette salle de mairie, si l'on en croit l'acte et on le croit, venu apporter un soutien ou représenter le jeune père récemment disparu. On ne saura jamais pourquoi. Peut-être trop effondrés, hébétés par le choc de cette disparition ? Mais si César occulte le patronyme de Stefanopoli, c'est peut-être bien parce qu'il juge que la famille de son père n'a pas été présente quand elle l'aurait dû. Rien ne pourra lever cette nouvelle interrogation. Il faut se contenter d'hypothèses. Et revenir sur les marches de la mairie.

Oui, d'ordinaire il y a du bonheur dans cette traversée du village avec l'enfant, mais leur arrivée devant le représentant de la commune n'est pas empreinte de la même tonalité que de coutume. Ceux qui les ont vus passer ne peuvent que s'incliner devant cet heureux événement entaché de malheur.

Et ceux du clan, que doivent-ils ressentir en portant ce nourrisson qui devra grandir sans père, comme marqué quelques jours avant même de naître par cette fatalité qui vient se pencher sur son berceau, en latin le fatum, ne donne-t-il pas son nom aux fées ? *U destinu*, c'est bien ce que doivent se dire les parents de Caglina, sa mère berçant doucement la malheureuse jeune mère, sa chère enfant, tandis que les hommes marchent vers la mairie avec ce nouveau-né qui avait su se frayer un chemin jusqu'à la vie malgré le séisme maternel.

Je songe à Caglina, seule à jamais avec son enfant, dans l'immense fatigue de ce double arrachement au plus profond d'elle, la jeune accouchée, veuve avant d'être épousée, déchirée entre le deuil qui la frappe et le miracle de cette naissance, entre l'appel à la vie de ce bébé, sa chaleur contre son sein, et l'image obsédante du corps meurtri, dans le froid de la mort désormais, de son bien aimé qui n'aurait jamais vu son fils. Il lui faudra sûrement pleurer de toutes ses larmes, et en silence pour ne pas réveiller l'enfant, toucher le fond de ce chagrin pour aller y puiser le courage de se battre et d'avancer tête haute, lui apprendre à se tenir debout et devenir un homme. Le bel hommage qu'il rend à sa mère à l'entrée du recueil raconte cette conquête maternelle sur le malheur. Côte à côte, le berceau et la tombe, comme sur le registre de l'état civil, la naissance de César sur la page de droite, sur celle de gauche la mort de son père.

Je fais encore un saut dans le temps, du berceau à la maison. Tous les jours depuis mon arrivée je passe devant la demeure de l'Agrégé : j'emprunte souvent à pied la rue Sampiero pour aller faire des courses en haut du village. Il avait pu la faire construire là sur un terrain appartenant à sa famille, mais il est plus probable que grâce à ses revenus de professeur, il ait fait l'acquisition de cette parcelle pour sa situation exceptionnelle avec cette vue sur la mer.

Il me semble que la maison ne peut avoir été pensée dans son architecture et sa conception que par lui, tant elle est lui ou représente ce qu'il a été, en tout cas, l'idée que je me fais de lui. Qui d'autre ici, en cette fin du XIXe siècle aurait pu rêver et réaliser une telle habitation ? Il fallait avoir lu, étudié, voyagé, et *réussi* comme lui pour que cette maison voie le jour.

J'imagine, je reconstruis à partir des poèmes, entre ce qu'il dit et ne dit pas.

Il est seul. Hormis la douce présence de sa mère, d'une grande solitude affective. Dans une petite élégie désuète et mélancolique, il rêve de la fidèle compagne de sa vie qui lui donnerait une famille :

Mon Rêve

Une humble maisonnette, en haut sur la colline,
Avec des volets verts et des treilles autour ;
Un jardin plein de fleurs et bordé d'aubépine,
Une fraîche tonnelle où reposer le jour ;
En face, un vaste golfe avec sa broderie
De falaises, de sable aux replis gracieux ;
Au loin, les blés jaunis où la cigale crie,
Les sommets ombragés de maquis giboyeux ;
Une épouse charmante, aimable ménagère,
Dont les soins attentifs feraient tout prospérer ;
Un bel ange aux yeux noirs que bercerait ma mère :
Voilà mon rêve ! O ciel, est-ce trop désirer ?

L'humble maisonnette de sa poésie va prendre d'autres proportions dans le réel, il faudra bien combler l'absence.

Il est tendre et sentimental, et l'exprime dans « L'âme des choses » :

C'est un malheur d'avoir, en cette pauvre vie,
Un cœur qui s'attendrit et ressent vivement.

Un peu plus loin dans le poème il dit sa douleur de laisser les lieux et les êtres—*parents, amis, (...) chaque objet familier*—écrit-il—qui lui sont chers. A mots couverts, il exprime ce sentiment d'exil qui me parle tant. Chacun de ses départs est un arrachement. Ces alexandrins, pourtant lus et relus, font sens aujourd'hui. Son métier de professeur l'appelle à Nice, où il enseigne. Là il retrouve celle qu'il aime, femme sans visage et sans nom à jamais, réduite par l'écriture métonymique au motif de cette « main chère » évoquée aussi dans le poème qui suit, comme un fil conducteur de ses pensées. L'impossibilité entre eux ? La mer à traverser. Elle, peut-être, attend qu'il s'établisse vraiment sur ce continent qu'elle ne peut se résoudre à quitter. Lui n'y parvient pas. La Corse est ancrée en lui, tous ses poèmes le disent ; sa mère bien aimée vit là-bas dans ce village, et le lien est si fort que rien, pas même cet amour, ne peut le faire renoncer à y revenir aussi souvent qu'il le peut. Alors peut-être demande-t-il à cette femme de venir s'établir à Cargèse. Chacun se heurte aux limites de l'autre : lui, incapable d'imaginer une vraie rupture avec ses racines insulaires, elle tout aussi réticente à l'idée de rompre avec son quotidien, sa famille, se jugeant inapte à s'acclimater sur cette île. Et sans doute profondément dépitée de voir que l'amour n'empêche pas César d'éprouver un chagrin tenace à quitter son village pour la rejoindre… « *Fût-ce pour quelques mois presser une main chère* » dit le poème. Les a-t-elle lus, ces mots ? Si c'est le cas, combien de fois ressassés, reconnus comme le lieu même de l'amertume et du ressentiment ? La séparation est inévitable ; elle s'en va.

Il pleure cet amour enfui qu'il ne peut et ne veut oublier. Il s'installe dans la nostalgie, se drape avec fierté dans sa mélancolie, laisse infuser le chagrin entre les mots. Il écrit avec des accents lamartiniens :

À une Fleur Fanée

Gentille fleur, qu'une main chère
Pour moi ravit à ton jardin,
De mon exil, ô messagère,
Viens soulager le noir chagrin.

Sur ta feuille lorsque je pose
Ma lèvre avide, avec bonheur,
J'aspire de sa lèvre rose
Et de ses doigts la douce odeur.

Toi, qui frémis sous son haleine,
Cher calice décoloré,
Dis-moi pour apaiser ma peine,
Ce que sa bouche a murmuré.

Oui, parle-moi de sa tendresse.
Je sens mon âme s'embraser
Au souffle ardent de sa caresse,
Au doux parfum de son baiser.

Ravi je lis sur ta corolle :
« Dis-lui de bientôt revenir. »
Merci ! Je t'aime, ô pur symbole
Du cher et tendre souvenir.

Gage charmant, ô fleur chérie,
Repose en paix la nuit, le jour,
Là sur mon cœur pâle et flétrie,
Trésor sacré de mon amour.

Il enseigne, revient auprès de sa mère, au cœur du village chaque fois que son travail le permet. Les années passent ; il se retranche dans sa solitude. Le temps n'a pas dissipé ses sentiments et ses regrets. Il espère encore confusément un retour. Parfois balayant ces pensées il se dit qu'un jour viendra où il aimera encore et sera aimé. Il s'installe dans cette attente et prend la résolution de faire construire la maison où il vivra avec sa future épouse et leurs enfants. Il la conçoit pour préparer leur arrivée. Elle est spacieuse, éclairée de grandes fenêtres qui donnent sur le jardin et sur la mer. Chacun aura de la place et il pourra travailler en toute quiétude dans son bureau sans être gêné par les cris et les jeux des enfants, un peu à l'écart des pièces communes de la maison pensée pour la grande famille dont rêve déjà enfant tout fils unique dans sa solitude forcée.

Du temps encore, et il vit là, seul dans le bonheur triste de sa grande maison finalement partagée avec personne. Il est désormais trop tard pour y songer. Il regarde la mer par-delà les mimosas et le figuier, des heures reste accoudé sur son balcon de fer forgé à l'étage, contemplant le golfe de Sagone et les montagnes à l'infini, il écrit, lit beaucoup, se promène, parle avec quelques rares amis, il vieillit peu à peu dans la tristesse de ce rêve inachevé.

L'histoire ne me quitte pas.

Sur la plage tout à l'heure, j'ai pensé à une autre variante de ce scénario qui ne contredit pas l'autre mais le précède vraisemblablement : il continue à aimer celle qui ne l'a pas choisi, et forme le rêve fou de construire la maison pour elle et de la mettre à ses pieds, convaincu qu'il l'infléchira ainsi. Et il se lance un défi qui va l'occuper des années : prouver à l'être cher qu'il peut ici, dans son village corse, faire surgir la douceur et l'opulence de ce Nice qu'elle ne peut se résoudre à quitter. L'emplacement de la construction est idéal : au sud, la vue sur le Golfe de Sagone sera imprenable, et de l'autre côté, toutes les fenêtres de la façade donneront sur la baie de Ménasina. La *Bella Vista* portera magnifiquement son nom et n'aura rien à envier à ces vastes maisons niçoises qui surplombent la mer. Il choisit avec soin le maître d'œuvre à qui il confiera les travaux. Il suit les plans avec la plus extrême attention, passe des heures à expliquer à l'architecte comment il la voit. Il met tout ce qu'il est dans cette conception, un homme cultivé, un esthète amoureux des arts et de l'Antiquité. Si la Riviera et la Toscane ne sont pas loin, il y a aussi quelque chose d'antique dans cette habitation ; avec sa façade crépie de ce rose Pompéi aujourd'hui inimitable, son toit à quatre pentes, elle a la stature et la sobriété des riches demeures romaines. Les cannelures blanches qui bordent tous ses murs extérieurs et soulignent les angles rappellent les colonnes des temples grecs. Chaque détail est minutieusement choisi, étudié, jusqu'aux motifs des soleils stylisés, cadrans solaires gravés dans les petits rectangles de plâtre qui allègent la verticalité des moulures d'angles et symbolisent tout à la fois lumière et sagesse, juste au-dessous de la toiture bordée d'une frise aux motifs doriques. L'élaboration du projet et le chantier ne doivent pas durer moins de cinq ans. Il revient régulièrement pour suivre l'avancée des travaux, veiller à ce que leur exécution se déroule dans les meilleures conditions. Il s'est lancé corps et âme dans cette aventure, l'a conduite avec une passion à la mesure de ses enjeux, de ses désirs. Le jour arrive où les ouvriers — des compagnons venus d'Italie, m'a-t-on dit — ont terminé l'ouvrage. Entre le moment où ils placent une branche d'olivier sur le toit enfin couvert et la fin des travaux, plusieurs mois s'écouleront ; la décoration des façades nécessite beaucoup de temps et de minutie : ils ont d'abord fabriqué les moulages sur place pour réaliser les cannelures de plâtre bordant les murs. (Les propriétaires d'aujourd'hui m'ont dit que ces moules étaient encore dans leurs caves. Plus tard leur fils, venu à Cargèse pour les vacances et avec qui j'ai grand plaisir à converser, va même m'adresser par courriel les photographies de ces pièces archéologiques de la construction).

Il n'a pas vu le temps passer, n'a eu d'yeux que pour sa maison en devenir, cet idéal vers lequel il a tendu tous ses efforts. Quand il regarde derrière lui, il vérifie ce qu'il savait déjà : l'absence irrémédiable de celle à qui il voulait dédier et offrir cette œuvre. Mais la demeure est bien là, magnifique, après la folle entreprise conçue et menée à son terme. La maison, temple et mausolée de son secret devient sa création, l'enfant de celui qui ne sera jamais père. Quand la construction s'achève-t-elle approximativement ? Sans doute avant le début des années 1900, mais aucune trace de date au-dessus de la porte d'entrée ou sur la façade.

Sa mère vieillissante les regarde tous deux avec une fierté triste.

Il faut se représenter le village à cette époque et la vie de ses habitants. Pas de route carrossable bien sûr, on se déplace à pied, à dos d'âne ou en charrette comme en témoignent les cartes postales anciennes de Cargèse dans ces années, où l'on voit les femmes, souvent de noir vêtues, porter des fardeaux, ramener l'eau de la fontaine dans de grandes cruches de terre cuite posées sur leur tête. Sur les actes de l'état civil, la profession la plus fréquemment mentionnée est *laboureur.* Alors, cet *Agrégé* parti étudier puis travailler là-bas, sur le continent où certains ne mettront jamais les pieds, et qui leur semble au-delà des mers si loin d'eux, de ce qu'ils sont, qu'il en devient irréel, en *France,* dit-on parfois avec mépris, doit faire figure d'étranger, surtout quand il revient pour poser là, au bord d'une ruelle défoncée du village, cette maison de Riviera italienne ou de Côte d'Azur que l'on admire certainement, mais dont la présence devient comme le signe de sa différence et de sa distance avec les autres.

Oui, *un original*, ce César, le fils de Caglina — mais que pouvait-on attendre d'un bâtard ? — voilà comment certains devaient parler de lui. C'est ainsi que je m'explique à force de passer et repasser devant la maison, que le village tout entier et sans y prendre garde ait pu secréter peu à peu une boule de rancœur, déposée sur plusieurs générations et qui a conduit finalement au rejet pur et simple, bien qu'insensible et tacitement relayé pendant des décennies, au déni même de son testament, revanche de l'inconscient collectif sur l'individualité trop marquée de cet enfant de Cargèse devenu un étranger à leurs yeux.

L'itinéraire de mes allées et venues à la plage, celle de Chiuni, après Torraccia, où je vais souvent, conduit mes pas de la maison au tombeau et inversement. Il est frappant de passer d'une vision à l'autre, entre plénitude radieuse et désolation. Les ruines de la chapelle n'étouffent pas de la végétation qui les assaille, mais de ce qui l'environne.

En venant du village, à quelques mètres du tombeau, sont plantés successivement au bord de la route trois panneaux de signalisation artisanale, comme pour en nier davantage ou au contraire en souligner ironiquement la présence : « *Attention Danger* », « *Sortie de camions* », « *Ralentir Danger* ». Après les pancartes, la chapelle, puis cette carrière qui crée un no man's land de terre éventrée au ras de ce qui reste du mur d'enceinte. Une année, un cirque s'était même installé comme par dérision à quelques pas de la chapelle ; le chapiteau incongru avec ses couleurs stridentes au détour de la route surgissait comme une profanation symbolique à côté du vert sombre des cyprès. Au-dessus, le stade et un amoncellement de véhicules. À proximité d'une possible discothèque et d'un marchand de bateaux, non loin d'une décharge improvisée où s'accumulent des montagnes de cartons et une carcasse de voiture fossilisée plantée à la verticale, comme une installation d'art conceptuel, et qui attend probablement la fin de la saison d'été pour être débarrassée : mieux vaut que la plupart des vacanciers soient repartis avant de faire le vide et laisser la nature reprendre ses droits. En consultant le cadastre, on s'explique mieux cette impression que la chapelle est cernée, puisqu'elle l'est en effet de toutes parts. Réduite à un minuscule périmètre, elle constitue un îlot qui résiste encore — mais jusqu'à quand ? — à la poussée d'une petite zone d'activités en cours d'extension. Par quel jeu de pousse-pousse cadastral s'est-elle trouvée ainsi ceinturée ? Je préfère ne pas le savoir.

Je n'ai pas eu le courage de m'aventurer cette année sur les ruines, bien que je passe devant tous les jours. J'essaie de dissiper la tristesse de cette vision ; quand je reviens au village, la maison me réconforte dans sa force tranquille. Il est heureux qu'elle soit habitée par des occupants de goût qui ont laissé son âme intacte et l'ont entretenue sans l'abîmer, en respectant son caractère. Une après-midi, ils m'ont ouvert leur porte à ma demande. Ils ne m'ont pas fait visiter toutes les pièces, et je n'ai pas plus que la fois précédente osé leur demander de me montrer où se trouvait jadis le bureau de l'Agrégé, mais j'ai emprunté l'escalier de bois qui conduisait aux chambres, et du balcon étroit donnant sur le jardin et la mer, j'ai contemplé le point de vue qu'avait autrefois César.

Même si je n'appréhendais qu'une partie de la demeure, comme si ses habitants voulaient préserver leur intimité ou craignaient un regard indiscret de ma part, j'avais pu, en effleurant ses lieux familiers, y percevoir encore la présence diffuse de mon ancêtre. J'avais besoin de respirer cette maison, et j'étais heureuse qu'ils m'en aient donné le loisir.

Et il m'a vraiment semblé qu'*ils la laissaient vivre.*

— VII —

Je ne trouve décidément rien de ce que je voudrais dans les registres consultés à la mairie et pourtant, aucune de mes recherches n'est inutile. Un matin, assise dans un coin de la pièce fraîche à l'abri du soleil où l'on accueille le public, je tiens entre mes mains l'un des registres de l'état civil que je viens de feuilleter. Ce doit être celui qui débute en 1820, où vingt ans d'actes sont enregistrés en toscan sur des feuillets parcheminés jaunis par le temps, dont certains comportent de grandes traces et taches d'encre délavée comme un fond d'estampe sur lequel se déroule l'écriture appliquée et serrée des représentants de la commune autrefois attachés à la tenue des registres. Je garde sur mes genoux ce document qui contient les centaines de vies et d'êtres oubliés de tous, disparus sans laisser d'autre trace que ces anonymes patronymes, quelques lignes d'état civil, des listes de noms et de prénoms qui font encore vibrer l'écho diffus de leur passage. Et eux, bien sûr, c'est nous…

Le lendemain, je vais aux Archives départementales d'Ajaccio, dans l'espoir d'y trouver de nouvelles pistes. J'y reçois d'abord un accueil mitigé, on me jauge, comme souvent en Corse quand on a affaire à une continentale, et qui se mêle a fortiori de recherches insulaires. Mon inexpérience dans le référencement des documents finit par recueillir l'indulgence et la bienveillance des usagers de la salle de lecture. En quelques mots chuchotés j'explique le but de ma recherche à une dame qui travaille sur les pages d'un grand registre ancien, et que je prends pour l'archiviste. En réalité c'est une passionnée de généalogie qui vient ici pour des travaux personnels. Mon histoire l'intéresse ; elle me donne plusieurs informations et précieux conseils, et les coordonnées d'une personne qui a travaillé sur la généalogie de Cargèse et pourra m'aider. En peu de temps, les quatre lecteurs présents rapidement informés de mon enquête se prennent au jeu, et dans la bonne humeur, chacun m'apporte son concours. Il règne une joyeuse effervescence dans la salle de lecture habituellement très calme, me précise-t-on. D'une dextérité époustouflante, ils jonglent avec les classeurs de références et me permettent de trouver plusieurs documents.

Grâce à cette solidarité inespérée et leur aide chaleureuse, je repartirai de mon incursion ajaccienne avec l'espoir d'avancer dans mon enquête : si la consultation des journaux de l'année 1849 n'a rien donné sur l'assassinat du père de César, j'ai trouvé d'abord ce rapport lapidaire, en quelque sorte trame ancestrale en version policière, des articles de presse locale qui fleuriront ultérieurement aux rubriques « Faits divers » :

GENDARMERIE DE LA CORSE	**17me LÉGION DE GENDARMERIE**
2me COMPAGNIE	**RAPPORT du** *26* **au** *31* **18***49*

Le 23 8bre 1849.

ÉVÉNEMENTS DIVERS. *Tentative de meurtre suivie de blessure grâve, commise au moyen d'un coups de fusil, sur le Sieur Stefanopoli (Jean César) âgé de 33 ans, Percepteur de la Commune de Piana,* *arrondissement d'ajaccio, par le Mé* (dénommé ?) *B... (Giordano) âgé de 32 ans, laboureur de la Commune de Piana, qui était aidé ou assisté* (le souci de nuance est plaisant) *du Mé B... (Jean dit le long) âgé de 40 ans aussi laboureur de la même Commune. Ces deux meurtriers sont fugitifs (Compte particulier a été rendu le 24 et le 27 8bre 1849)*

Puis je découvre avec émotion les lettres du maire de Piana et du Capitaine de gendarmerie au Préfet de Corse qui apportent des précisions sur le meurtre. Je ne trouve toujours pas trace de l'acte de naissance de Caglina, mais en revanche, je possède déjà celui de Jean César, qui mourra donc assassiné trente-deux ans plus tard dans les circonstances que raconte à sa façon chacune des deux lettres ici retranscrites :

Piana, le 23 8bre 1849

Monsieur le Préfet,

Un guet-apens a été commis hier soir vers 4 heures après-midi au lieux-dit Castagna, territoire de Piana, sur le chemin qui conduit à Otta, dans la personne du sieur Jean César Stéphanopoli percepteur de ce canton qui se rendait à Otta pour opérer la rentrée du Trésor.

La population de Piana n'a été prévenue de cet assassinat que le même jour que vers huit heures du soir et elle a déployé tout son enthousiasme pour venir en aide à un sujet qui n'a jamais donné que des preuves d'exactitude dans son ministère. Les auteurs de ce guet apens sont les nommés B... Jourdan et B... Jean Long bergers qui l'ont après blessé mortellement privé de tout son argent.

Je prie l'autorité supérieure de veiller avec grand soin à cet événement en prenant toutes les mesures de sévérité pour leur disparition.

Ces malfaiteurs sont de Piana et Plût à Dieu que leur méchanceté ne mette la terreur dans cette contrée.

Je suis vivement peiné du sort (oubli de la préposition de) *Sieur Stéphanopoli que le médecin qui le soigne avec tant d'affection m'assure qu'il ne survivra pas deux jours.*

Il est dommage que le Détachement des Voltigeurs corses ici stationné doive se rendre à Corte pour passer la revue en cette semaine, le zèle des habitants aurait je pense prêté tout son concours à la justice si elle y émanait en ce moment.

Vous (sic)

Vous priant d'agréer l'aveu d'une affaire qui m'afflige infiniment.

J'ai l'honneur d'être avec profond
Respect votre dévoué serviteur,
Le maire de la Commune de Piana
Pietri

Cette deuxième version ajoute de nouveaux éléments à l'acte de décès, grâce au changement de point de vue sur le drame. Le récit du maire est plus proche de l'événement dans l'espace et le temps, même si les circonstances en sont survolées parce qu'il sera surtout témoin des suites de l'embuscade : il voit le jeune percepteur blessé secouru par les villageois qui déploient solidarité et compassion pour lui venir en aide, il voit le médecin dépêché pour le secourir ; ils assistent tous impuissants à l'agonie d'un homme de trente-deux ans sauvagement agressé par deux hommes armés. Il constate enfin la disparition des assassins, qui n'attendent pas un instant pour prendre le maquis. La lettre traduit l'émoi de la population et l'émotion du représentant de la commune face au meurtre. Le traumatisme collectif, déjà perceptible en filigrane dans l'acte de décès, est ici patent. Les termes de *guet-apens*, de *malfaiteurs*, l'esquisse des circonstances de la scène permettent de qualifier sans ambiguïté la nature de cette agression : mon hypothèse du représentant de l'état qui se heurterait à l'hostilité de la population insulaire farouchement opposée à la tutelle de la France, ici représentée par deux bergers, mérite d'être nuancée. Il s'agit ici d'une affaire caractérisée de banditisme, point. Mais il reste beaucoup d'interrogations sans réponse quant aux suites de cette affaire. A-t-on retrouvé les meurtriers ? On sait que la densité du maquis et les reliefs accidentés de l'île offrent un asile idéal à ceux qui veulent y demeurer longtemps cachés, et un rempart quasiment infranchissable pour ceux à qui il prendrait l'idée de venir les en déloger. La dernière phrase du maire avant la formule de prise de congé suggère à mots couverts, en un subtil dosage de reproche et d'euphémisme, la démission des représentants de l'ordre face à la nécessité de rétablir le droit et la justice en débusquant les meurtriers. Peut-être est-il vraiment scandalisé par la propension des autorités à occuper le bataillon de voltigeurs à des activités de représentation futiles en ces circonstances – se rendre à Corte pour la revue – alors que la gravité des faits nécessiterait leur présence et leur soutien à Piana pour lancer les recherches.

Mais la troisième version remonte encore davantage aux sources et apporte d'autres éléments sur le triste épisode :

Monsieur le Préfet

Pour faire suite à mon rapport du 24 de ce mois n° 775, j'ai l'honneur de vous rendre compte, que le 22, vers une heure de relevée, Monsieur Stéfanopoli (Jean César) âgé de 33 ans de la commune de Cargèse, percepteur du canton de Piana, se rendant à Otta, pour faire rentrer les fonds du gouvernement. Son homme d'affaires, le Mé (abréviation de dénommé, je pense) *M... (Horace) l'accompagnait. Vers les 3 heures, arrivés au lieux-dit Castagna, entre les communes d'Evisa et de Piana, ils furent rejoints par les Nés B... (Giordano) âgé de 33 ans, et B... (Jean dit le Long) âgé de 40 ans, laboureurs de la commune de Piana, qui étaient armés de fusils. Le premier de ces deux individus demanda au Percepteur s'il était content de le voir en sa compagnie, celui-ci répondit affirmativement, puis disant donne-moi mon argent et se jetta sur lui pour le frapper avec la crosse de son fusil. Le Percepteur l'en empêcha en saisissant les canons de son arme ; ne pouvant faire usage de son fusil, Giordano sortit allors un stylet de sa poche ; cette fois encore le Percepteur l'empêcha de s'en servir. A cette occasion le Percepteur offrit à Giordano, tout l'argent qu'il avait sur lui et même des billets. Son offre ne fut point accepté. B... (Jean dit le Long) voyant son compagnon réduit à l'impossibilité de ne pouvoir se servir de ses armes dit au Percepteur : laches-le, du reste tu est mort. Stefanopoli, cédant à sa volonté abandonna aussitôt Giordano, qui déchargea immédiatement sur lui un coup de fusil et le blessa mortellement. Ensuite ces misérables s'étant jeter sur le blessé lui prirent une bourse contenant une somme de 50 à 60 F et se donnèrent à la fuite.*

Je suis avec ma haute considération
Monsieur le Préfet

Votre très humble et très obéissant serviteur
Le Capitaine de Gendarmerie
Signature illisible

Il s'agit plus ici d'un rapport circonstancié que d'une lettre. L'officier de gendarmerie est factuel à la différence du maire mais les éléments de dialogue qu'il apporte font vivre la scène. On peut noter d'un document à l'autre quelques variantes sur les prénoms ou surnoms des protagonistes, l'heure du drame. Le Capitaine ajoute un élément important en faisant apparaître un nouveau protagoniste, l'« homme d'affaires » accompagnant Jean-César, singulièrement absent des rapports précédents et dont le rôle est pour le moins ambigu, bien que le Capitaine ne s'autorise aucun commentaire. Il avance en outre de nouveaux détails sur le montant de la somme dérobée par exemple, mais contrairement à la première lettre, rien sur les suites de l'événement, la fuite des assassins est seulement évoquée de façon elliptique. Il mentionne la blessure mortelle du Percepteur sans ajouter que ce dernier reste plusieurs jours entre la vie et la mort. La précision des paroles rapportées me fait reconsidérer les intentions des bergers : l'injonction frondeuse « *Rends-moi mon argent* » — d'ailleurs soulignée par le gendarme outré ou censé l'être, ponctuant donc ostensiblement le caractère scandaleux des propos — accréditerait la thèse d'une révolte des bergers à l'égard de la tutelle de l'état qui viendrait abusivement à leurs yeux les déposséder de leurs biens. Mais je lis dans cette provocation un faux-semblant, un alibi à la malhonnêteté. Il est toujours facile de se poser en victime pour justifier le pire.

Je vois un contraste étonnant entre les détails du dialogue et la curieuse ellipse sur le personnage qui accompagnait le jeune percepteur, manifestement plus enclin à tenir lieu de témoin oculaire, prendre la poudre d'escampette pour aller conter l'événement à Piana et chercher des secours qu'à prêter main-forte à son supérieur. Ce qui aujourd'hui pourrait ressembler à une dérobade, voire à un comportement de non-assistance à personne en danger est passé sous silence par le Capitaine, comme s'il voulait occulter et couvrir cette attitude. Pourtant, à deux contre deux, si notre homme ne s'était pas contenté d'observer la scène au lieu d'aller prêter main-forte au jeune percepteur et compte tenu du courage, de l'efficacité avec lesquels Jean César s'oppose à ses meurtriers, neutralisant leurs armes par deux fois, il est probable que le guet-apens n'aurait pas tourné à l'avantage des frères. Mais on ne peut hélas refaire l'histoire. Le style impersonnel et froid, exempt de tout point de vue personnel, qui n'évite pas les stéréotypes de langage inhérents à l'administration policière, tels que *individus* ou l'euphémisme *son offre ne fut point acceptée,* montre que les rapports de police ou de gendarmerie actuels rédigés avec l'application et le zèle que chacun connaît pour y avoir été confronté un jour ou l'autre en faisant une déposition, s'inscrivent dans une longue tradition de langue de bois. À croire que cette formulation pittoresque en son genre et très caractéristique n'est pas enseignée aux futurs représentants de l'ordre mais inscrite dans leur inconscient collectif ! Il faut dire à la décharge de ce Capitaine que la supériorité hiérarchique du Préfet est telle qu'il ne peut s'adresser à lui qu'avec la plus grande déférence, contrairement au maire de Piana que sa position autorise sûrement davantage à émettre un avis, un jugement personnel sans cacher l'affectivité et l'émotion de son regard sur cette affaire.

Les documents l'attestent, César le jeune père lutte cinq jours pour la vie, refuse de la quitter au moment où elle va lui donner la plus grande joie. Se bat avec la mort contre toute raison, cause perdue, tous autour de lui, dans leur grande affliction le savent et le disent : rien ne pourra le sauver, malgré les efforts du médecin et le désir de le voir triompher, tous appellent le miracle qui ne se produira pas. Qui ne s'est pris à rêver de cet impossible-là entre Cargèse et Piana, dans ces deux semaines d'octobre à novembre qui les séparent l'un de l'autre ? César le presque mort et César le pas encore né, tous deux dans les limbes, chacun se hâtant pour atteindre l'autre, chacun en vain menant sa course contre le temps, le père arc-bouté sur la rive, à son corps défendant de lâcher prise, cherchant la lumière de ses yeux grands ouverts sur le vide, réduit à la seule tension d'une inflexible volonté mécanique de vivre enracinée jusqu'à son dernier souffle, appelant d'un cri silencieux ce fils encore nageant au creux de sa mère. Et l'enfant à venir peut-être parcouru de cet appel, frémissant des tremblements maternels, percevant qu'il lui faut à présent quitter les eaux paisibles devenues plus que murmurantes et cherchant lui aussi à regagner le bord, s'engage lentement, tête baissée, entreprend de toutes ses forces inquiètes le grand voyage tâtonnant vers la lumière et ce cri qui l'arrache au néant.

L'un trop tôt parti, l'autre à peine trop tard arrivé. À partir de cette journée funeste, cinq jours et quatre nuits le jeune père tiendra dans cette attente, puis la mort vient, la vague submerge Caglina, la laisse suffocante, dans les jours qui suivent – sauve qui peut – l'enfant posthume part à la recherche de l'air libre et vient au monde.

Quelques jours les séparent, posément, équitablement traversés par le Styx, quelques jours seulement les séparent à jamais, une éternité.

— VIII —

Saurai-je un jour si les bandits ont été retrouvés, si un procès a pu se tenir, s'ils ont en fin de compte été condamnés ou s'ils se sont au contraire définitivement évaporés dans le maquis ? Mes recherches sur ce point sont encore sans suite. Rien aux Archives d'Ajaccio, rien non plus du côté du Tribunal de Bastia où se déroulaient autrefois tous les procès en Cour d'Assises.

Deux pistes vont encore s'avérer infructueuses : Bercy, où sont centralisées, m'avait-on dit, les informations sur tous les percepteurs du territoire français, et les Archives départementales de Bastia. Aucune trace n'y est trouvée. Je m'arrêterai donc bientôt de chercher. Tous les mystères ne pourront être levés, ou s'ils le sont un jour, cela viendra peut-être quand je ne l'attendrai plus. Pour l'heure, je m'en tiens comme je l'ai dit aux fragments exhumés peu à peu et posés là devant moi, tout petits éclats parfois presque invisibles tant ils sont enfouis et cachés sous les strates de mémoire, méconnaissables.

Quelquefois sans que j'y pense, ils surgissent et s'imposent à moi, nouvelles pièces humblement versées au dossier, soit par une aide extérieure, soit tout simplement par imprégnation, mon immersion dans l'histoire, ou parfois grâce à la conjonction des deux.

La deuxième visite aux archives ne donne rien sur le moment. Des consultations, aidée par Maguy, qui m'a accompagnée à

Ajaccio et m'emmène au restaurant thaï sur le Cours Napoléon, je ne retire aucune nouvelle information. En revanche, je revois Marianne, toujours là dans la salle de lecture sur laquelle elle semble régner avec une discrète bienveillance, comme un ange gardien. La généalogiste qui m'avait si généreusement aidée quelques jours auparavant, me confie à l'archiviste rentrée de vacances, qui se dit aussitôt persuadée qu'elle peut trouver le testament de l'Agrégé. La semaine précédente pourtant, ma demande s'était heurtée sinon à un refus du moins à une certaine réticence. Quelques heures plus tard elle m'annonce tranquillement au téléphone qu'elle l'a retrouvé. Sommeil en pointillés. Je n'avais guère d'espoir de le lire un jour.

Le lendemain matin, seule cette fois, je file à Ajaccio et retrouve l'archiviste. Elle me remet plusieurs feuillets reliés dans une chemise cartonnée, détache le mince cordon qui les maintenait et me laisse seule *avec lui* quelques minutes. Je tiens entre mes mains ces pages rédigées par lui d'une écriture fine et serrée. Je survole d'abord une première fois, trop émue pour lire posément. Deux testaments ont été écrits à plusieurs années de distance. Deux premières feuilles sont barrées d'un trait et portent de sa main la mention *annulé* en lettres majuscules, accompagnée de sa signature, mais curieusement, je n'y prends pas garde, trop attachée à suivre le contenu des pages. Quand l'archiviste revient et me demande doucement : *Alors... c'est émouvant... ?* je ne peux contenir mes larmes. Elle les a lus, elle aussi avant de me les confier et me dit qu'elle y a senti beaucoup d'amertume et de souffrance. L'un est daté de 1903, et l'autre, annulant donc le précédent qu'il avait probablement fini par juger impossible au fil du temps, est rédigé en 1920 et visé par le Greffe du Tribunal d'Ajaccio en 1923, mais ce sont les deux qu'il faut considérer bien sûr pour mieux comprendre. Je les baptise tout de suite, un sourire dans ma tristesse, l'ancien et le nouveau. Dans aucun des deux je ne trouve la formule mentionnée il y a quelques années, « je lègue à moi-même », bien que le sens n'en soit pas éloigné. Sur la première phrase supposée du testament, j'en apprendrai fortuitement un peu plus à quelques jours de là.

Voici ce qu'il écrit dans l'ancien testament :

Ceci est mon testament : ____________________

Au cas où la mort viendrait me surprendre et ne me laisserait pas le temps de réaliser le vœu de ma mère bien aimée, c'est-à-dire de me créer une famille et de léguer à la chair de ma chair le fruit de mon travail et de mes économies, voici quelles sont mes dispositions testamentaires : ____________________

Je fais deux parts de mes biens 1° La maison avec le jardin et les immeubles que je possède à Cargèse ; 2° les titres de rente, obligations, et valeurs diverses ainsi que les billets sur papier timbré ou billets simples que l'on trouvera parmi mes papiers. ____________

Ma volonté expresse est que ma maison et les terrains soient inaliénables et restent ma propriété comme si j'étais encore en vie. J'évalue le revenu six cents francs au minimum. Sur cette somme deux cents francs seront consacrés à l'entretien de la maison, de la chapelle et des terrains ; s'il n'y a pas nécessité de faire des réparations, ils devront être capitalisés en vue de réparations futures.

Voulant reconnaître le dévouement affectueux que mon cousin Constantin Dragacci a toujours témoigné à ma sainte mère et à moi-même il lui sera alloué cent cinquante francs par an, sa vie durant, à charge pour lui d'entretenir précisément le jardin de la chapelle, laquelle somme sera reversible sur son fils aîné et ainsi de *suite à la condition expresse de remplir l'obligation ci-dessus.*______

*Cinquante francs seront donnés moitié au curé latin, moitié au curé grec, à condition de dire chaque année deux messes, une pour ma mère vénérée et une pour moi.*______

Les deux cents francs qui restent reviendront à la commune à charge pour elle de veiller à la scrupuleuse et entière exécution des dispositions ci-dessus, et d'en faire l'emploi le plus utile, c'est-à-dire d'instituer et d'entretenir une bibliothèque scolaire pour les garçons et pour les filles.

*J'évalue mes titres, obligations et billets soixante dix mille francs environ. Sur cette somme je prélève dix mille francs qui devront servir à la construction de la chapelle à l'endroit même où repose ma mère tant regrettée. Six mille seront consacrés à la construction de la chapelle et du mur d'enceinte suivant les plans et devis ci-joints; deux mille à l'achat des portes, grilles et mobilier de la chapelle; mille à l'architecte qui devra veiller à la scrupuleuse exécution des travaux. Quant aux mille restants, je les partage également entre le commandant Colonna et Mr Versini, mon locataire, que je désigne comme mes exécuteurs testamentaires, et qui voudront bien s'intéresser à ce pieux travail.*______

*Des soixante mille qui restent, la moitié servira à constituer une rente pour une bourse d'interne au collège d'Ajaccio en faveur de l'élève qui se recommandera le plus par son travail, sa conduite et son intelligence, et qui devra être distingué par la municipalité avec l'assentiment des deux curés et du Directeur de l'Ecole. Cet élève sera pris de préférence dans la famille Drimaraki. En aucune façon il ne devra être de Piana ou de parents originaires de ce village où sont nés les lâches assassins de mon malheureux père et qui a été cause de toutes mes douleurs à ma mère vénérée et à moi.*______

Trente mille serviront à l'adduction de l'eau de la Radica et à la construction d'une fontaine à Cargèse, mais à une condition formelle, c'est que cette fontaine portera l'inscription suivante :

______Cette fontaine a été édifiée grâce à la générosité de__________

La bourse ci-dessus devra s'appeler « Bourse du Professeur Drimaraki, agrégé de l'Université »______________________

Je désire reposer à côté de ma bonne et sainte mère dans la chapelle qui sera construite.__________________________

Si je meurs à Nice, on prélèvera la somme nécessaire pour transférer mon corps à Cargèse et y célébrer les cérémonies. Je désigne le Commandant Colonna pour remplir les formalités et accompagner ma dépouille.________________________

Écrit en entier, daté et signé de ma main à Nice, le 12 Septembre 1903_____________________________

Drimaraki-Servó César

La tristesse est manifeste, aussi tangible que dans les poèmes, certes inhérente à la situation - que peut engendrer la rédaction d'un testament sinon des pensées mélancoliques et beaucoup de nostalgie ? — mais bien au-delà quand même. Souffrance et solitude sont ancrées en lui depuis toujours. L'ancien testament confirme partiellement ce que j'ai appris au fil de l'enquête et en lisant ses poèmes : l'amour absolu pour sa mère, le désir de fonder une famille, l'attachement à sa maison, à l'édification de son tombeau, le souhait de laisser la trace d'un homme attaché à la culture, à son village et au mérite personnel par l'instruction. Et surtout, les quelques lignes par lesquelles mes découvertes se vérifient : oui, ce jeune percepteur lâchement assassiné sur la commune de Piana, qu'à partir des documents d'état civil et de mes recherches aux archives j'avais par recoupements identifié comme son père, cet homme est bien son père en effet, César le dit avec émotion, ose dire l'événement sur lequel je sais intuitivement qu'il a dû garder le silence toute sa vie, s'autorise enfin à le faire dans son testament holographe. Qu'importe, il est mort maintenant à l'heure où on le lit, et il se donne le droit d'évoquer les souffrances endurées à partir de cette disparition. Autrement dit, la mort de cet être cher qu'il n'a jamais connu, il la porte, avec sa mère, du berceau au tombeau.

Ce qui me frappe dans ces lignes, c'est l'aversion déclarée pour tout ce qui vient du village de Piana, à l'origine de tous leurs maux, il ne craint plus de l'affirmer. Et cette phrase m'éclaire aussitôt sur un titre qui m'avait interrogée à la lecture du recueil, un poème intitulé « *Les Calanques de Porto* »... Je m'étais alors demandé pourquoi il déplaçait curieusement les calanques *de Piana*, connues et reconnues de tous comme telles, vers le village de Porto, à quelques kilomètres de là. Cet étrange glissement géographique renfermait donc un secret dont j'étais loin de me douter alors, et qui trouvait sa source dans la tragédie paternelle. Peut-être tout au long de sa vie s'était-il même interdit d'évoquer ou d'écrire jamais le nom de ce village, lieu de sa souffrance. Il devait être en tout cas au-dessus de ses forces de lui reconnaître la propriété d'un tel joyau de la nature, et il fallait l'en déposséder avant de s'accorder le droit d'écrire un poème pour chanter la beauté exceptionnelle du site.

Son alchimie personnelle et cette forme de pensée magique ne me sont pas étrangères. Dès mon retour à Cargèse je relis le poème avant de reprendre le testament. Rien d'étonnant non plus s'il est empreint de gravité et les lieux décrits effrayants et fantastiques, comme marqués d'un sceau tragique. Ici la tonalité élégiaque de certains textes du recueil fait place à une poésie sombre et métaphysique aux accents tour à tour hugoliens ou baudelairiens...

Les Calanques de Porto

En tournant le sentier rocailleux et sauvage,
Vous voyez tout à coup, comme saisi d'effroi,
Des rocs vertigineux dominant le rivage
Et lançant vers le ciel leur immense paroi.

C'est un fouillis touffu de figures grotesques,
De voûtes se courbant dans les blocs tourmentés,
De pilastres trapus ou de folles arabesques
En ces agrestes lieux par un titan sculptés.

Au crépuscule, on voit dans la masse effrayante
S'estomper des oiseaux, des lions accroupis,
Des évêques mitrés à la mine imposante,
Des moines à genoux en priant assoupis.

Quand la nuit de son ombre enveloppe les cimes,
Que sur ces bords déserts tout est silencieux,
Le voyageur ému, côtoyant ces abîmes,
Se signe en entendant des bruits mystérieux !

Le temps dévastateur, les chocs de la nature
N'ont pu du roc géant durement assailli
Ebrécher seulement la puissante carrure,
Depuis que du chaos les mondes ont jailli.

Il restera debout dressant sa tête altière,
Plongeant ses pieds massifs dans le sol écrasé,
Tant que Dieu ne fera d'un souffle de colère
Crouler dans le néant notre globe épuisé.

Je reviens au testament, un nouveau moyen pour moi de me couler dans sa pensée, le seul document sur lequel je peux m'appuyer avec le recueil. Je n'obtiendrai rien de plus. J'aurais aimé retrouver ses *papiers* mentionnés dans le testament, et surtout quelques photos de Caglina et lui, pour mettre des visages sur leurs noms, leur histoire. Mais rien. Tout ce qui encombrait a été plus ou moins intentionnellement brûlé, éliminé. L'instance officielle qu'il jugeait la plus apte à la conservation de son patrimoine s'est dérobée à sa requête. Cependant était-il seulement possible qu'elle y accédât ? Et qu'aurait fait un de ces parents éloignés dont il souligne l'indifférence en les écartant de son héritage ? Aurait-il été plus soucieux de se montrer digne de la confiance du défunt et de respecter sa demande ? Comment aurait-il pu soutenir le paradoxe d'un testament qui l'excluait de toute idée de transmission ? Dans son désir profond d'œuvrer pour sa commune, il formule ses dernières volontés avec un souci pointilleux de précision pour évaluer et répartir équitablement ses biens. Pourtant la demande est si fragmentée et à première vue d'une telle complexité qu'elle semble difficilement réalisable. D'une part il distingue la maison et les terrains, énonçant ce vœu à la fois insensé et touchant de naïveté teintée d'aveuglement, qu'ils restent sa propriété comme s'il était encore en vie, et d'autre part les autres biens, « titres de rentes, obligations et valeurs diverses… » distribués pour conserver intacts les premiers, « inaliénables », dit-il, qualificatif éloquent dont la place sans équivoque annonce fièrement ses intentions. Peut-être le jugera-t-il même trop provocateur par la suite, puisqu'il fait disparaître ce terme du nouveau testament, d'ailleurs singulièrement expurgé par rapport à sa première « version ». Mais dix-sept ans se sont écoulés, pendant lesquels il a pris la mesure des choses, vérifié que le vœu pieux formulé au début de l'ancien testament n'avait plus cours ou qu'en tout état de cause, il ne serait pas recevable ainsi formulé. Dire que le temps de la désillusion ou du désenchantement est venu ne serait pas tout à fait juste, on sent déjà si peu d'illusions dans l'ancien testament. Il a cinquante-trois ans quand il l'écrit, et l'idée de fonder une famille est sans doute révolue en lui. S'il l'émet encore dans son vibrant préambule, c'est je crois en hommage à sa mère, et plutôt son rêve à elle qu'il formule, comme pour exorciser son absence. En lisant ces lignes, j'ignore encore la date de la mort de Caglina, mais je sens bien qu'il est encore dans le chagrin profond de sa perte récente, tous ses mots l'expriment. C'est sans doute l'émotion et la proximité même de ce deuil qui le poussent à envisager sa propre mort, écrire son testament, et lui donnent la force d'aborder par des voies détournées – cette bourse attribuée à un élève méritant qui « en aucune façon (...) ne devra être de Piana... » – le sujet douloureux de ce malheur partagé avec sa mère, de mettre des mots sur la disparition tragique du père, et de prononcer l'excommunication solennelle et définitive du village d'où sont originaires ses « lâches assassins ». Je comprends si bien ses sentiments, sans pour autant les partager, que dans un élan d'empathie et d'affection pour lui, je reprendrai en rentrant toutes mes pages écrites pour éluder le nom interdit chaque fois que je le pourrai ! César n'aurait sans doute pas aimé que je situe sa chapelle sur la *Route de Piana*. Il n'est pas besoin que les noms accusent davantage l'ironie du sort : désormais, et pour qu'il repose en paix auprès de sa mère bien aimée, les restes du tombeau se trouvent définitivement à la sortie de Cargèse, sur la *Route de Porto*.

Les bribes assemblées recousent les lambeaux de mémoire, suppléent symboliquement au désastre des ruines, réparent tant bien que mal béances et souffrances. Que faire d'autre ? D'un éboulis de murs et d'un fronton disparu je n'ai pas le pouvoir de faire surgir une chapelle à l'identique de celle qui a été détruite. Les mots : mes pierres légères, posées, patiemment alignées, pour tenter de restaurer l'histoire. Un petit édifice d'encre et de papier, tendu entre ciel terre et mer, fragile mausolée de ses pensées, où se rencontrent et se croisent nos deux voix, fils d'Ariane dans le labyrinthe du temps.

Quand il reprend la plume pour rédiger le nouveau testament, dix-sept ans se sont donc écoulés et bien des choses ont changé. L'écriture, plus hésitante, est celle d'un homme vieillissant et fatigué dont la main tremble. La valeur de l'argent a évolué, il en tient compte dans l'évaluation de ses revenus. Il n'a plus le temps, il faut aller à l'essentiel, rester dans le concret, autant sur le fond que dans la forme. Pas de lyrisme ou de sentiments comme dans le premier. Toutes les volontés d'alors semblent revues à la baisse. Rien sur la Fontaine de la Radica, rien sur la Bourse du Professeur Agrégé de l'Université, rien sur la création d'une bibliothèque scolaire pour les garçons et pour les filles. Exit les exécuteurs testamentaires : peut-être avec le temps se sont-ils montrés peu dignes de son amitié ou ont-ils simplement disparu. On apprend qu'entre-temps la chapelle a été construite, mais qu'il est encore nécessaire de parachever certains travaux. La minutie des précisions sur l'attribution des sommes n'a plus cours. À quoi bon entrer dans les détails ? Tout cela n'est plus très important. Une chose est sûre, il reste un point sur lequel il persiste et signe avec une innocence désarmante, sa « volonté expresse » de conserver la propriété de ses biens immobiliers par-delà la mort, en d'autres termes le refus de mourir. Mais croit-il encore sa demande recevable en posant là cette formule comme pour se persuader lui-même de son pouvoir d'être encore entendu et respecté post mortem ? Il n'en demeure pas moins qu'elle se substitue à l'adjectif « inaliénable » que contenaient les lignes de l'ancien testament. En homme de lettres, il avait dû s'interroger sur la définition exacte de l'adjectif, en particulier son sens juridique, et prendre conscience qu'il se heurtait à une contradiction insurmontable : au regard de la loi, un bien inaliénable tient à la nature même de celui auquel il appartient de manière intangible ; il ne peut être ni acheté ni vendu. Les droits fondamentaux de l'être humain tels que la liberté, la dignité, le patronyme, possèdent ce caractère, de même que ses droits politiques. L'Agrégé avait donc, toujours avec la même candeur, décrété sa maison inaliénable au même titre que ces droits constitutifs de tout homme puisqu'elle faisait partie intégrante de lui ! Mais il ne suffit pas d'écrire noir sur blanc un adjectif aussi percutant et définitif pour qu'il prenne automatiquement effet dans le réel. Il est établi que ce droit s'éteint en réalité au décès de son détenteur, en même temps que la qualité ou la raison pour laquelle il existait. Ce rêve d'imprescriptibilité, c'est-à-dire de *ce qui ne peut être aboli ou effacé par l'effet du temps* selon la définition, va donc s'effondrer en lui au fil des années, ce qui explique le recul considérable pris par César lors de la rédaction de son deuxième testament. C'est un homme accablé qui prend une dernière fois la plume. Il sait maintenant en écrivant ces lignes, que la poésie et le rêve sont derrière lui et que la crise de souveraineté existentielle est vaine face au principe de réalité. Et comme il est revenu de beaucoup de choses, c'est la commune qui garde manifestement sa confiance et sera chargée d'exécuter son testament. Cette modification décidera de toute la suite. Cet ultime acte va faire foi et annuler le précédent ; par ces mots, l'entité communale se trouve investie de tous les droits sur ses biens. Le « Ne varietur » apposé en haut de la feuille est repris à la cantonade par une escadrille d'hommes de lois, Président du tribunal d'Ajaccio en tête. Et cette salve de « *Ne varietur* » résonne dérisoirement comme un « *Alea jacta est* » quand on sait comment les vivants se sont emparés de la demande du mort et ce qu'ils en ont fait. Voici donc les derniers mots connus de César :

Nouveau Testament :

Ne varietur

Cargèse le 31 Octobre 1920 *Drimaraki-Servo*

Ceci est mon testament

*Je fais deux parts de mes biens 1° La maison avec le jardin et les immeubles que je possède à Cargèse 2° les titres de rente, obligations et valeurs diverses, ainsi que les billets que l'on trouvera dans mes papiers.*__________

*Dix mille francs devront être prélevés sur la succession pour être employés à l'embellissement et ornement de la chapelle, si la mort me surprend avant que j'aie pu veiller à l'exécution de ces travaux*____

Ma volonté expresse est que la maison et les immeubles restent ma propriété comme si j'étais encore en vie. J'en évalue le revenu à une moyenne de deux mille francs par an. Sur cette somme mille francs seront consacrés à l'entretien de la chapelle, de la maison, du jardin et des terrains. S'il n'y a pas nécessité de faire des réparations, ils seront capitalisés en vue de réparations futures. C'est la municipalité que je charge de la gestion et de l'emploi de cette somme dont elle devra s'ac-

quitter de la manière la plus scrupuleuse. Les autres mille francs seront employés par elle à l'embellissement du village, ou quelque travail utile. Pour les réparations et travaux divers à la chapelle, à la maison et dans les terrains, employer toujours de préférence mes rentes - ce mot est presque illisible—*de Cargèse et de*… je ne parviens pas à déchiffrer, cette dernière phrase du paragraphe a visiblement été ajoutée à la dernière minute ; elle est insérée entre les lignes, d'une écriture plus fine et hésitante que tout le reste____________

*Seront exclus de la succession mes parents de Vico, malgré mon affection pour eux, parce qu'ils jouissent d'une très belle aisance et ceux de Vero pour lesquels je n'ai aucune animosité mais qui m'ont toujours ignoré.*________________________

Cette dernière clause du testament, déjà présente en interligne du premier, est donc réaffirmée : les relations avec les parents éloignés n'ont manifestement pas évolué. Entre-temps on m'apporte le testament de Caglina, sur lequel je ne m'attarde pas, peut-être parce qu'il n'est pas rédigé de sa main, mais qui contient tout de même deux indications importantes : la date de son décès, en Mai 1903, me confirme l'état d'esprit dans lequel doit se trouver César quand il se décide à faire son premier testament. Six mois seulement se sont écoulés depuis la mort de sa mère et le chagrin qu'il en conçoit est sensible à chaque ligne. L'autre information est surprenante : elle lègue une partie de ses biens à un certain Théodore Frimigacci. Sur le moment j'émets l'hypothèse d'un différend passager avec César, ou d'un homme avec qui elle aurait vécu, mais rien ne permet d'accréditer l'une ou l'autre. L'archiviste ajoute qu'en aucun cas cela ne déshérite son fils de la part qui lui revient de droit, il s'agit probablement selon elle d'un ami de la famille qui avait dû aider Caglina à financer l'éducation et les études de son enfant. L'intuition de l'expérience. Nous tombons d'accord sur cette idée. Je décide un peu rapidement de ne pas suivre la nouvelle piste, trop occupée par le testament de l'Agrégé que j'avais désespéré jusqu'alors de retrouver un jour. Je monte faire part de la découverte à Marianne, toujours plongée dans ses recherches au fond de la salle de lecture, qui s'en réjouit pour moi. Et quand je lui dis que je suis heureuse bien sûr, depuis le temps que j'espérais le trouver, mais bouleversée par la tristesse qu'il contient aux deux sens du terme, calme et lumineuse elle me répond dans un sourire : *il faut tout remettre entre les mains du Seigneur.*

— IX —

Retour à Cargèse en longeant la côte.

Tiuccia, Sagone, où je ne peux passer sans que me reviennent des souvenirs d'enfance. Le charme des années soixante y est intact. Sur cette partie de la côte ouest de l'île, le pire a été évité. Certes, quelques constructions supplémentaires ont poussé çà et là, mais la frénésie spéculative a été limitée, voire mise en échec. Il faut dire qu'ici, on a des arguments frappants pour s'adresser aux promoteurs immobiliers, calmer leurs ardeurs expansionnistes et leur faire entendre raison.

C'est bientôt la fin de l'été, les touristes commencent à repartir. Longue promenade au bout de la plage avec le chien qui l'a bien méritée. Photos d'algues et de rochers. Galets tout lisses soigneusement choisis et ramassés. Soleil et bain de mer. Un peu plus tard, de la terrasse sur le toit, je retranscris le texte des deux testaments sur mon écran.

Jours comptés. Comme toujours dans l'imminence du départ, une sorte d'urgence me fait tout démultiplier, j'aimerais pouvoir faire plus, et intensément : les promenades, les rencontres avec les gens d'ici, la plage, les déambulations diurnes et nocturnes à travers les ruelles, les recherches à la mairie, écrire bien sûr, collecter toutes sortes de fragments d'île à ramener avec moi : photographies, fleurs de bougainvilliers, feuilles d'eucalyptus, morceaux de verre ou de brique polis par les vagues, petits cailloux ronds, comme autant de traces précieuses sur mon sentier insulaire. À chaque fois c'est inévitable, le sentiment de nostalgie s'impose par anticipation et m'étreint avant même que j'aie quitté les lieux. En écho à ma fébrilité mélancolique, ses mots à lui…

L'âme des choses

C'est un malheur d'avoir, en cette pauvre vie,
Un cœur qui s'attendrit et qui sent vivement ;
Et parfois je regarde avec un œil d'envie
Celui qui sans un regret, sans un tressaillement,
Mais d'un esprit allègre et d'un joyeux visage
Quitte parents, amis, dont les mornes regards
Avec angoisse au loin le suivent du rivage,
Tandis qu'il va des mers affronter les hasards.
Car moi, je ne saurais, sans que mon cœur se serre,
Sans être secoué d'un frisson douloureux,
Fût-ce pour quelques mois presser une main chère ;
Mon être entier frémit en ce moment affreux !
Tout s'anime pour moi, la plante que j'arrose,
La table de travail, le pauvre mobilier ;
A l'heure des adieux tout me semble morose,
Je quitte avec chagrin chaque objet familier.
Sur mille riens charmants s'épanche ma tendresse ;
Je ne sais quel lien les attache à mon cœur.
Quand le jour du départ m'apporte sa tristesse,
Le fil qui nous tenait se brise avec douleur.
Qui pourra m'expliquer ce courant magnétique,
Ce principe d'amour dans les choses semé ?
Aimant mystérieux, doux accord sympathique
Qui peut unir notre âme à l'être inanimé !

Après avoir transcrit ces lignes, une idée brusquement, sans raison apparente me vient, ou plutôt un nom : *Théodore Frimigacci*, dont le titre de Docteur est mentionné sur le testament de Caglina. *Peut-être est-ce lui qui sauve Caglina et l'enfant*. Il est médecin, alors comment expliquer autrement que par cette hypothèse l'éternelle reconnaissance de la mère et du fils ?

En feuilletant le recueil je retrouve un sonnet intitulé « Le Pèlerin » dédié « *A mon cher Théodore F...* ». Cet exergue auquel je n'avais pas vraiment prêté attention, enregistré malgré moi au fil de ma lecture refait maintenant surface et vient me confirmer l'attachement de César à cet homme : c'est lui qui soutient et sauve sans doute Caglina après l'annonce de la terrible nouvelle, la suit pas à pas, l'accompagne de ses soins, de ses paroles réconfortantes jusqu'au terme, lui qui met l'enfant au monde. Et les circonstances de cette naissance sont si tragiques que rien, ni les années ni les événements, ne pourra distendre le lien. Une pièce plausible qui, même si elle n'est pas d'origine, trouve aisément sa place dans la composition d'ensemble. Peut-être était-il déjà un ami de Jean César ou du moins le connaissait-il : dans le village, deux jeunes gens instruits, d'origine grecque de surcroît, avaient de multiples raisons de se rencontrer et de partager des expériences. Théodore Frimigacci devait en effet être un jeune médecin puisque Caglina, âgée d'environ trente ans à la naissance de son fils, lui lègue ses biens. Mes recherches sur les registres de l'état civil ne me permettent pas de confirmer cette hypothèse, encore un point d'interrogation, mais je découvre en lisant plusieurs actes que le médecin était aussi conseiller municipal. Je n'irai pas plus loin.

On me recommande d'interroger dans le village un homme attaché au patrimoine historique et culturel de la communauté grecque. Je le rencontre facilement, l'ai déjà croisé plusieurs fois. Il connaît l'histoire de l'Agrégé. Il parle, comme chacun ici peut être conduit à le faire : entre réticence et aménité, une opacité persistante protège la parole, comme pour inviter entre les mots à passer son chemin. J'apprends tout de même quelque chose. C'est lui qui me donne l'explication de cette phrase souvent mentionnée à tort comme la première du testament : « Je lègue à moi-même… ». Quand il la cite, je lui fais observer que ce ne sont pas les mots exacts, je le sais puisque je viens de le trouver aux archives départementales d'Ajaccio. À cette annonce, il enchaîne presque aussitôt. Bien sûr, mais par cette fausse citation, on a voulu ironiser sur le contenu du testament, me précise-t-on. L'invention de cette phrase est une transposition parodique de ce que demandait l'Agrégé, autrement dit la lune ou l'impossible, c'est très perceptible dans ce qu'il m'explique, même s'il ne le dit pas aussi clairement.

Dans toutes mes conjectures autour du testament, je n'avais pas envisagé cette éventualité, que le geste de remettre tous ses biens à la commune soit dénigré et tourné en dérision au point de devenir un vrai sujet de moquerie. J'avais pressenti la rancœur accumulée par certains à l'égard de cet homme trop différent d'eux, mais sans mesurer jusqu'où elle avait pu aller. Je conçois qu'on ait trouvé la demande singulière, mais je suis frappée par la sévérité du jugement. Pour celui qui me parle, l'histoire est si ancienne qu'elle le concerne peu, même s'il la connaît bien. Il rapporte la parole de ceux qui l'ont commentée jadis, et comme sans y prendre garde, me fait entrevoir avec courtoisie ce qui avait dû faire œuvrer certains à l'encontre des dernières volontés du poète.

À l'impossible nul n'est tenu, c'est ce que l'on avait dû considérer. On n'était alors qu'à l'aube du XXe siècle, bien avant que nos concepts actuels de maisons de la culture, Fondations, Musées même ne soient devenus des évidences et entrés dans les mœurs de toutes les communes, quelles que soient leur importance et leur situation. Ce qu'il demandait était perçu comme purement et simplement irrecevable, il suffisait donc de le décréter tel et de colporter le décret en insistant sur l'excentricité du testament et de son auteur, le syllogisme était presque parfait, le tour était joué. On posait les scellés quelques mois sur la maison, on laissait déposer un peu de temps et d'oubli. Puis tout irait très vite, les terrains et les « immeubles » seraient cédés, la maison, les meubles et objets de l'Agrégé vendus aux enchères comme on le sait, et pour le tombeau, on verrait bien plus tard.

Du tombeau justement il est question au cours de la conversation. L'homme me dit qu'il a longtemps été entretenu conformément aux dispositions testamentaires. J'émets plus ou moins explicitement quelques doutes en lui précisant que j'ai pu constater depuis bien longtemps son état de dégradation, mais il est inutile d'aller plus loin. Nous tombons d'accord sur le fait que la chapelle n'est plus aujourd'hui qu'un tas de ruines. Et comme pour minimiser la gravité de cet état de fait, il ajoute que nul ne sait d'ailleurs avec certitude si quelqu'un a jamais été enterré sous ces décombres. Très étonnée, je lui fais observer que tout porte à croire que mon ancêtre et sa mère reposent à cet endroit, comme ils l'ont souhaité, et que je vois mal où ils pourraient être sinon là, mais il insiste en souriant, rien ne le prouve absolument. Nous n'avons rien de plus à nous dire, je le remercie et prends congé. Je rentre à la maison, absorbée dans mes pensées.

Je ne m'attendais pas à cette nouvelle théorie. Jamais je n'avais entendu personne dans le village émettre un tel doute : la meilleure façon en effet de résoudre la question de la chapelle abandonnée ! Au fond, il importait peu qu'elle soit désormais en ruines : si elle n'avait jamais abrité aucune dépouille, il n'y avait donc vraiment pas lieu de se préoccuper de cet effondrement et par là même, du non-respect des dispositions testamentaires. Non, je n'avais pas pensé à la thèse des corps volatilisés. Devais-je la prendre au sérieux pourtant, au même titre qu'une autre piste ? Si cette supposition se vérifiait, ce serait bien pire encore, cela signifierait qu'on aurait délibérément enterré le mort ailleurs, au cimetière marin peut-être. Mais pour quelles raisons aurait-on agi ainsi, alors que chacun savait quel soin César avait apporté à la construction de la chapelle ?

Ce scénario ne me semble pas tenir une seconde, d'autant que le testament le précise clairement : Caglina est enterrée sur l'emplacement de la chapelle. Ses amis proches, ceux-là même qui étaient venus déclarer son décès à la mairie, n'auraient pas manqué de veiller à ce que ses dernières volontés soient respectées lors de son enterrement. Comment imaginer en outre que ce fils aimant n'ait pas pris l'initiative de faire déposer dans la chapelle les restes de Caglina dès la fin des travaux ? *Je désire reposer à côté de ma bonne et sainte mère dans la chapelle qui sera construite*, avait-il écrit dans l'ancien testament. Et s'il n'avait pas réitéré explicitement cette demande dans sa nouvelle version, c'était tout simplement qu'il avait eu le temps de faire réaliser lui-même ces dispositions. Le souci qu'il manifestait de son « embellissement et ornement » confirmait à l'évidence ses dispositions antérieures et la constance dont il avait fait preuve dans l'exécution de son projet tout au long de ces dix-sept années.

Je ne partirai donc pas en croisade pour vérifier les dires de mon interlocuteur. Accorder un crédit à l'hypothèse d'un tombeau non seulement en ruines, mais de surcroît vide, reviendrait à déposséder ses occupants de leur propre mort. La vie ne les avait pas épargnés, et ce qui était arrivé après la mort de César était si douloureux qu'il n'était pas nécessaire d'imaginer encore pire. La disparition de la disparition. Pouvait-on concevoir une forme d'exclusion plus radicale ? Au vieux cimetière près du port, j'avais trouvé il y a quelques années deux tombes jumelles à demi cachées par les hautes herbes, sur lesquelles figurait le nom de notre famille. Les registres de l'état civil, les ouvrages sur l'histoire de Cargèse et la fondation de Paomia témoignent que le nom est assez vivace dans le village, tout au long du XIXe siècle et au début du XXe, pour que l'on trouve au cimetière de nombreuses traces des membres de la famille qui le portaient. La présence des deux tombes peu identifiables ne pouvait suffire à me faire envisager qu'ils aient été placés là provisoirement tous les deux, puis oubliés.

Pourtant, si j'acceptais de suivre un tant soit peu le raisonnement de mon dernier interlocuteur, j'étais assaillie d'images bouleversantes. Je songeais à César et Caglina comme à deux âmes errantes, vouées à flotter tristement entre la chapelle en ruines, le village et le port, cherchant sans trêve un lieu où elles pourraient enfin trouver la paix et le repos. Mais à bien y réfléchir, même si leurs restes étaient là, sous les décombres, la situation était aussi désolante. Puisque le tombeau, objet de tous les soins du poète, était à présent anéanti, rasé, cela revenait à considérer qu'ils étaient également privés de sépulture.

Une habitante de Cargèse m'a confié récemment qu'elle venait autrefois jouer près de la chapelle avec d'autres enfants de son âge. L'endroit les impressionnait et ils se fixaient des défis, se donnaient parfois pour gage de franchir la grille d'enceinte du tombeau. Un jour, après avoir trouvé un ossement dans la terre, ils avaient eu si peur qu'ils étaient tous partis en courant et n'avaient plus jamais osé revenir jouer dans ces parages.

Mais il n'y avait guère que les imaginaires enfantins pour s'effrayer encore des esprits qui auraient pu hanter ce lieu. Personne d'autre qu'eux ne semblait s'en être inquiété. L'auteur et son testament avaient été jugés fous et taxés d'hérésie, l'affaire était entendue et si on l'avait encore évoquée après sa mort de loin en loin, c'était sans doute le plus souvent pour en plaisanter. L'Agrégé avait au fil du temps perdu de sa superbe, peut-être même les dernières années était-il devenu la risée de certains. Cet homme solitaire, venu se retirer au village dans sa grande maison, devait depuis longtemps déranger. L'actuel propriétaire m'a rapporté une réflexion un peu acerbe lancée un jour par son grand-père à son voisin l'Agrégé qui se plaignait d'être importuné par la fumée de son four à pain : *mais d'abord, qu'as-tu besoin, tout seul, d'une si grande maison ?* lui avait-il rétorqué en substance… Il est probable que César avait laissé dire, que pouvait-il faire d'autre ? Cette question-là, il avait dû passer des années à la tourner et retourner dans ses pensées. Il ne pouvait répondre qu'il avait rêvé d'être père, lui qui avait toujours porté en silence le secret de la disparition du sien. Il ne pouvait expliquer – en avait-il seulement eu conscience ? – son impossibilité à devenir père par le seul fait qu'on lui avait arraché le sien.

Donc montré du doigt, ante et post mortem. Autrement dit, le connaissant, on avait sans doute jugé qu'il constituerait un fantôme assez inoffensif pour que nul ne songeât à s'inquiéter sérieusement de sa mémoire et l'on avait pris en toute tranquillité la décision de vendre la maison aux enchères en dispersant tout ce qu'il possédait.

En contrepoint à cette rencontre, un contact s'établit par courriel avec un ami de Marianne dont elle m'avait donné les coordonnées, et tout aussi passionné de généalogie qu'elle. En quelques mails échangés, j'obtiens de précieuses informations, qu'il me délivre avec une étonnante facilité. Toutes ces recherches semblent pour lui un jeu d'enfant. Il dispose de milliers de fichiers et de données. En quelques jours j'apprends grâce à lui que Caglina est née en 1818, elle avait donc 31 ans à la naissance de César. Il est même en mesure de remonter dans la filiation jusqu'en 1697 ! Ainsi je découvre à partir de la liste de mes ascendants, le lien de parenté avec César. Caglina était la sœur de mon arrière-arrière grand-père. Donc mon arrière-arrière grand-tante ! Bien que la question du degré de parenté n'ait jamais été essentielle à mes yeux, je suis tout de même très émue de cette découverte. Dans son message, le généalogiste a inscrit une liste de prénoms. D'un coup de baguette magique, il a semble-t-il, ce pouvoir de remonter dans le temps. Les deux premières lignes indiquent successivement : « vous », « votre père », et suit l'alignement des autres : entre Élie, né à la fin du XVIIe siècle et Élie, mon père – que l'on a toujours appelé de son deuxième prénom Sébastien – plus de deux cents ans ont passé. Et les pères donnent souvent le nom de leur père à leurs fils. François Pedro, mon grand-père, dont je ne connaissais que le deuxième prénom jusque-là, échappe à cette tradition. Il était pourtant je crois – à moins qu'un frère aîné disparu prématurément n'ait hérité du prénom paternel – le seul garçon de la fratrie, seul au milieu de ses sœurs aux noms qui m'intriguaient et me charmaient quand j'étais enfant : Brigitte, Pauline, Barberine et Jéromine.

Ainsi, quatre générations d'Élie franchissaient deux siècles. Cette coutume de la transmission du prénom, qui m'avait toujours semblé à la fois dérisoire et un peu prétentieuse, prend sens et me touche pour la première fois. Si la mémoire s'efface, si l'on perd le souvenir de ceux qui ont vécu, on en garde au moins la trace dans un inconscient familial, comme un fil invisible le lien perdure, traverse les âges par un prénom qui revient en écho de la nuit des temps.

Un soir, je me décide à téléphoner à cet homme, ce porteur d'âmes, dont la mémoire vive ne se mesure pas en gigaoctets. Il me raconte sa passion. Depuis l'âge de dix ans, il sait que la généalogie ne le quittera pas. Il ne le dit pas, mais je devine qu'il est choisi par cet amour et le choisit, sans doute un peu comme on entre en religion. Je lui parle de mes recherches sur un éventuel procès des meurtriers de Jean César, lui donne leurs noms. Il ne voit rien sur le procès mais en quelques instants, retrouve la trace de l'un des frères. Jordan meurt à

Girolata, quelques mois après l'assassinat, à l'âge de trente et un ans, on ignore dans quelles circonstances.

Après cette conversation, je ne peux manquer de me livrer à de nouvelles conjectures. Peut-être Jordan avait-il gagné le maquis à quelques encablures au nord de Porto pour se mettre à l'abri de la justice, et avait-il rencontré là un destin vengeur au détour d'un chemin ? Il n'était pas absurde d'imaginer même que ce destin ait pris la forme de l'un des hommes du clan de Caglina, ou encore d'un parent proche de Jean César, arpentant à son tour le maquis jusqu'aux abords de Piana, le parcourant en tous sens pendant six mois, jusqu'à mettre la main sur le fugitif et d'un coup de stylet précis, exécuter calmement la vendetta pour sauver l'honneur de la famille et que l'âme du jeune percepteur repose en paix. Il était d'autant moins absurde de le penser que vérification faite en relisant les documents d'archives, Jordan était bien l'auteur du coup fatal — même si dans cette affaire la responsabilité de son frère était loin d'être inexistante — et il se trouvait par conséquent le premier exposé à une vengeance.

En reprenant le recueil, je m'aperçois que l'information du généalogiste éclaire un des poèmes, « *Le Maudit* », autour duquel planait un mystère. Si César paraissait invoquer à mots couverts le meurtrier de son père, je ne comprenais pas pourquoi il s'adressait à un seul des assassins. C'est donc probablement au frère survivant qu'il lance son anathème pour lui faire expier sa faute et le vouer aux remords éternels aggravés par la perte de son jeune frère, prêtant voix à un dieu justicier, tonnant et impitoyable. Lui ne peut pas directement, a choisi de taire, trop souffrant, pudique et secret pour dire sa peine et sa haine ; l'explicite il ne sait pas, ou se l'interdit. Seul le poème lui permet d'étancher le chagrin.

Alors il renoue pour les besoins de sa cause avec les divinités de la Grèce antique, aux antipodes du Dieu miséricordieux des chrétiens, revient aux sources, au berceau des ancêtres, faisant longuement vibrer cette corde sensible qui le constitue, la fibre tragique de Méditerranée, croisant ainsi l'ombre solaire de Phèdre et Hippolyte mourants sur son chemin de mots :

Le Maudit

Il allait, accablé sous le poids de son crime,
L'œil hagard, secoué de spasmes douloureux ;
Il lui semblait toujours apercevoir l'abîme
S'entrouvrir sous ses pas, plein de monstres affreux.
Il courait affolé, cherchait les forêts sombres,
Fuyant l'éclat du jour et tout regard humain.
Mais il voyait partout des spectres et des ombres,
Et partout il trouvait l'Enfer sur son chemin.
Dans le vent qui mugit, dans l'onde qui murmure,
Son délire croyait entendre des sanglots ;
Il évitait le monde et craignait la Nature :
Tout lui faisait horreur, et la terre et les flots !
Enfin, las du remords qui le ronge et le mine,
Il pousse dans la nuit de sourds gémissements,
Et de ses doigts crispés se frappe la poitrine
En suppliant le ciel de finir ses tourments.
Mais il est des forfaits trop noirs que rien n'efface,
Que rien ne peut laver, non pas même la mort ;
Dieu reste impitoyable et détourne la face,
Livrant le misérable à son sinistre sort.
« Tu n'as pas eu pitié des larmes de la mère,

Dit-il. Tu restas sourd aux cris de l'orphelin.
Ah ! Tu connais l'angoisse et l'insomnie amère ;
Tant mieux, vil scélérat, c'est ton juste destin.
N'espère point fléchir ma suprême justice,
Obtenir le pardon à ton crime interdit ;
Jusqu'au bout tu devras hurler sous ton supplice :
Je ne te connais plus ; va, sois damné, Maudit ! »

— X —

Quand j'arpente les rues du village, il me revient souvent malgré moi cette bribe de phrase, fragment obsédant, comme un refrain dont on n'arrive pas à se défaire *rendre à César... rendre à César ce qui lui appartient...* ritournelle ironique, comment ne pas y penser, oui encore un tour du destin que cet illustre prénom, comme si l'histoire avait été tracée d'avance, une histoire de perte et de manque inscrite dès le berceau. Je songe à César enfant et à ses jeux insouciants décrits dans un poème. Puis il grandit et accepte de quitter la douce présence de sa mère pour aller en pension étudier au collège d'Ajaccio. Je songe à Caglina qui affronte la séparation, trouve la force d'ouvrir ses bras pour que son fils bien-aimé prenne son envol vers la grande ville insulaire où flotte l'ombre de Napoléon, antichambre de l'exil, porte ouverte sur le continent et ses conquêtes. Ce temps est aussi évoqué dans le recueil, désormais le seul témoignage de sa biographie. Pendant quelques années de grâce il a sans doute cru possible une revanche sur le destin. J'imagine quel élève brillant et appliqué il a dû être. Au prix de quels sacrifices a-t-il finalement réussi, obtenant la plus belle reconnaissance de son mérite et de ses efforts ? En tout cas, c'est curieusement le titre d'Agrégé qui lui reste, et on le nomme encore ainsi quand on parle de lui dans le village.

Rendre à César une mémoire presque effacée, rien de plus, juste mettre quelques signes sur l'oubli. Dire avec des mots amis qu'il a vécu, aimé par-dessus tout son village et son île, aimé la vie malgré les souffrances.

Dire qu'il vénérait la nature et lui rendait hommage dans ses poèmes, petits tableaux peints au vif, élégies à la mousse de Corse, au châtaignier, au ciste, au merle ou au mouflon. Que son chien, à qui il dédie un poème, s'appelait Castor. Lire dans ses poèmes le bonheur simple de ces petits instantanés de vie quotidienne, la veillée d'hiver ou la pêche aux oursins, ou bien la sombre mélancolie des moments de deuil, de malheur ou secret chagrin, en distinguant l'écho étouffé d'un titre en filigrane, bien caché, rimant silencieusement avec le premier : *Larmes et Pleurs.* Faire revivre à travers la partition à quatre mains quelques moments de l'existence d'alors. Écouter battre le cœur du village, au temps où l'on vivait au rythme des saisons, quand l'île encore peu accessible et lointaine était une terre presque inconnue des continentaux. Capter aujourd'hui cette petite musique vibrante au hasard du labyrinthe de ses rues, quadrillage rectiligne comme des portées discrètement ponctuées entre les ruelles en pente par des chats furtifs, pauses sombres ou bécarres oubliés d'un compositeur distrait, en retrouver la ligne mélodique comme la somme des mouvements de chaque particule ou chaque brindille, de chaque habitant, végétal, animal ou humain.

À quelques jours du départ, je vérifie ma lourde erreur d'appréciation sur la capacité de mon ex-hôtelier à reprendre une conversation avec moi. Après quelques brèves entrevues courtoises mais distantes au hasard de mes déambulations canines et nocturnes devant chez lui – le village n'est pas grand et il faut varier les circuits, qui n'en demeurent pas moins limités – le dialogue s'est tari au point d'en arriver à la situation de ce soir où l'on peut considérer qu'il s'agit d'une rupture unilatérale et caractérisée des relations diplomatiques :

Elle : Bonsoir...

Lui, *ombre dans l'ombre, sur son balcon* :......

Réponse, s'il en est, on ne peut plus claire...

Elle : *repassant au retour et revenant à la charge pour s'assurer qu'elle avait bien entendu, faisant allusion à son chien, plus précisément, sa chienne, sur laquelle il avait engagé la conversation la semaine précédente :* Elle me fait faire des kilomètres ! *(ce qui est rigoureusement vrai...)*

Lui :....

Autrement dit, toujours rien.

Elle : *s'éclipsant, plus que jamais dame qui promène son chien, un peu vexée et perplexe mais majoritairement amusée, battant en retraite et se livrant chemin faisant à des conjectures :*

1) Elle l'importune avec son ancêtre, et même tout court.

2) Il veut parer à toute tentative de renouer le premier dialogue, ou plutôt de se faire extorquer un nouveau monologue foudroyant.

3) Il est furieux qu'elle écrive sur lui, elle le lui avait dit l'année précédente.

4) Il n'a vraiment rien à dire ni à ajouter et reste donc sans voix, que peut-il faire de mieux ?

5) Elle est devenue transparente – cela n'aurait rien d'étonnant ni de nouveau, elle se sait coutumière du fait – et il ne l'a ni vue ni entendue.

6) Il est décidément très étrange...

Au bout du compte elle opte pour au moins cinq des six possibilités, rentre chez elle et se remet au clavier.

Un personnage de roman, cet homme, au-delà de l'inquiétante étrangeté. Peut-être une figure allégorique, une incarnation du mépris, d'un mépris définitif et global du monde, des autres et de lui. Ou un avatar de l'ancêtre, sa réplique en quelque sorte. Excentrés tous les deux. L'un à un bout du village, l'autre jadis à l'opposé. Regardant scrutant la mer à près d'un siècle de distance. Leurs regards croisés forcément, diagonales de leurs postes de guet respectifs, l'un côté latin sur la route d'Ajaccio, l'autre côté grec, tout en haut du village vers celle de Porto, se rejoignant par-delà le temps au bout de l'un de ces chemins de mer tracés par les courants qui n'aboutissent nulle part ou vers un mystérieux point de fuite. Excentriques aussi tous deux profondément. Radicalement inadaptés aux autres et à la norme, bien qu'intégrés par leurs positions incontestées. Électrons libres de la communauté, irréductibles points d'interrogation. Et lui, là, aujourd'hui donc et chaque jour, des heures posté sur son balcon, en plein soleil ou caméléon de la nuit, presque invisible, l'homme jamais vu autrement qu'en noir – en deuil inconsolable de quoi ou de qui ? – à sonder le bleu profond de la mer et les abysses de son crâne, y puisant quelle force ou quel enseignement ? Connaissant la fulgurance de sa pensée, on pouvait le soupçonner de tout sauf d'être en panne d'intellect. Accoudé au bastingage de son navire immobile ancré dans le roc, impérieuse sentinelle du néant venue en droite ligne d'un *Rivage des Syrtes* ou d'un *Désert des Tartares*, qu'attendait-il de l'horizon, lui qui savait tout du *limes*, des zones frontalières, de ces limites explorées en tous sens, lui avait-il dit autrefois, sujets d'une thèse, objets de sa pensée, quels drakkars, quels combattants s'attendait-il à voir surgir du fond des âges glissant en silence vers le port ?

À une heure avancée de la nuit, finissant ce paragraphe, j'avançai une septième hypothèse : peut-être estimait-il que j'avais dépassé les bornes. Cet épisode du soir, après quelque trois années d'amnésie partielle de cette désormais mythique conversation, me ramenait à la question que j'avais tout aussi brillamment éludée qu'il l'avait traitée : celle des *limites*. Pêle-mêle maintenant des phrases remontaient, émergeaient de cette absence de message, ce contrepoint silencieux que je pouvais somme toute interpréter comme une nouvelle communication sur le sujet, resté partiellement occulte. Tout sans conteste avait été dit au premier matin. J'éprouvais soudain le besoin de feuilleter le carnet brodé sur lequel j'avais griffonné quelques-unes de ses paroles. Plusieurs fois, en relisant ces notes, je m'étais sentie confrontée à l'indéchiffrable, alors que tout m'avait paru lumineux lors de ce colloque singulier. Les mots hirsutes m'avaient donné du grain à moudre pour longtemps. À présent, les bribes jetées au crayon gris ajoutaient du sens à ma mosaïque insulaire : *la notion de frontière*, avait-il dit, *pose la question de la finitude de la réalité ; le limes, par définition limité, ouvre pourtant sur l'infini. C'est un territoire neutre qui appartient à deux entités coïncidentes, une zone de respect mutuel, où chacun simule pour dissimuler à l'autre. La vie, c'est le cadastre*, avait-il ajouté, *la relation aux autres, une juxtaposition de territoires. Mais il n'y avait que des stratégies individuelles pour arpenter l'existence.* En feuilletant les pages, je retrouvais sa définition déclinée en cercles concentriques, de l'extérieur vers l'intérieur, revenant progressivement à son point de départ, la question de l'insularité, de *l'îléité*, le terme avait été par lui prononcé, que j'avais très brièvement évoquée et qu'il avait ramenée en passant par la Méditerranée. Cette dernière était selon lui l'essence même du *limes*, *L'Odyssée* ayant le plus brillamment conceptualisé cette quête des limites dans l'espace méditerranéen, *qui appartenait à tout le monde et à personne, une image du labyrinthe et du carrefour*. L'abstention de toute parole me semblait maintenant claire : *l'initiation*, m'avait-il dit, *consiste à se débarrasser de quelque chose, se simplifier, aller vers ce que le mot ne peut pas dire, le simple, le muet.* Il n'avait sûrement pas donné sans compter, mais au contraire pesé, mesuré chaque phrase, et pas une de plus n'aurait pu être délivrée. La limite était là, posée par lui une fois pour toutes, et je n'avais pas à la franchir. Mon erreur avait sans doute consisté à attendre une suite à ce message, là où il y avait délibérément posé une fin.

J'étais magistralement placée devant l'évidence : c'était à moi seule qu'incombait le sens de ma recherche. Par essence, et puisqu'elle était infinie, j'avais la liberté d'en dessiner les lisières. D'où ce rappel muet des frontières — c'était lui le spécialiste, au cas où je l'aurais oublié — qui me renvoyait à moi-même et aux limites de mon cheminement sur ces zones frontalières, à ma quête dans ce labyrinthe, et toute la part de silence et d'inexploré qu'elle renfermait. J'arrivais à ce point où les mots ne pouvaient plus aller.

En m'endormant, après cette délibération, songeant à mon entrevue nocturne, je me revois m'adresser à une ombre prenant le frais de la nuit sur son balcon. Probablement avais-je cru voir une silhouette là où il n'y avait personne. Alors une question flottante finit de mettre par terre mon bel échafaudage et vient me faire sourire entre deux rêves : *Et si ce n'était pas lui… ce serait donc son frère, c'est-à-dire… qui sait, l'âme errante de mon ancêtre… ?*

— XI —

Le récit peut-être de sa réponse sur la liberté...

Elle avait déposé ce fil de neuf mots en italiques entre deux blancs sur la page. Remis à un autre jour comme souvent l'écriture d'un fragment. Des mois après elle y revient. Bien après avoir traversé la mer une nouvelle fois, l'île derrière le sillage du bateau jusqu'à devenir un point presque invisible sur la ligne floue de l'horizon. Bien après avoir repris pied sur le continent, quittant le bleu intense pour un gris soutenu. Laissant l'île dormante flotter en elle sans jamais la quitter. Pour la rejoindre ce soir-là, c'est le *elle* qui est revenu et naturellement s'est imposé, comme pour boucler la boucle, retourner aux origines, à son point de départ. Le *Je* soudainement assigné à résidence, entre parenthèses.

Donc peu avant de partir, surmontant ses réticences après le revers de son épisode nocturne, elle avait jugé indispensable de rendre une dernière visite, de jour cette fois, à l'homme de guet. Elle avait pris une copie du poème sur Cargèse, *Aspasmos*, mentionné par lui à diverses reprises, traduit *Sans conflit* lui semblait-il se rappeler, dont elle supposait qu'il apprécierait de retrouver le texte intégral, et surtout, son courage à deux mains pour lui parler de son écriture à elle. Il était là, légèrement surpris de la voir entrer dans le hall de réception, étonné de cette arrivée inopinée sur un territoire qui ne lui était pas ouvert, en l'occurrence le sien, puisqu'elle n'était plus cliente de l'hôtel depuis bien longtemps. Il avait d'abord très courtoisement refusé d'accepter le poème qu'elle lui tendait, sans autre forme de procès ; il n'était décidément pas homme à composer. Sans doute avait-il tout de suite perçu le prétexte, c'était d'ailleurs bien le mot, et il attendait de pied ferme qu'elle en vienne au fait. Malgré le vague sentiment de honte qu'elle avait éprouvé à se sentir si facilement devinée, elle avait bravement poursuivi, exposant l'objet de sa visite : elle allait partir, accepterait-il de lire son récit quand elle l'aurait terminé d'ici quelques mois ? Elle avait écrit plusieurs pages qui le concernaient, et souhaitait son autorisation si l'histoire devait être publiée. Dans sa sibylline transparence, il lui avait opposé un nouveau refus catégorique avec la même courtoisie : il y avait longtemps qu'il avait renoncé à relire ses propres écrits, ce n'était pas pour se plonger dans la lecture d'un texte qui parlerait de lui. Cela ne l'intéressait tout simplement pas. Elle avait eu beau objecter qu'elle ne voulait rien écrire dont il pût prendre ombrage, il était demeuré inflexible. Une chose était claire : ce qu'elle écrivait lui appartenait, et il n'avait aucun droit de regard là-dessus. Elle avait cherché à saisir dans le regard bleu derrière les lunettes à monture d'acier, dans le léger sourire accompagnant ses paroles, d'où elles étaient prononcées. Comment fallait-il les lire ? Il lui semblait entendre une très grande sincérité et dans le même temps elle s'interrogeait sur le degré d'ironie qu'elles pouvaient contenir. Même si un obstacle persistait dans la transparence même, ce que disait l'homme de guet devait tout de même être reçu avec simplicité. C'était du moins ce qu'elle s'était résolu à considérer sur le moment et même en y repensant beaucoup plus tard. Pour l'heure, l'entretien était terminé, il ne dirait rien de plus, et elle n'avait de son côté plus rien à dire ni à demander. En tout état de cause, il ne pouvait être plus clair, et même si elle restait assez intriguée par sa réponse, elle repartait avec cette petite phrase qu'elle aurait loisir de tourner et retourner pour tenter d'en saisir la portée, et qu'il y avait tout lieu — même si l'idée d'y percevoir une menace l'effleurait par intermittence — de considérer comme un véritable cadeau dont il lui appartenait de se montrer digne :

Chère Madame, vous êtes libre !

— XII —

La petite phrase aujourd'hui prenait le sens d'un impalpable dénouement. Même si rien n'était résolu, quelques signes avaient été tracés. Une histoire de frontières fragiles et de limites, d'impossibilité et d'obstacles, une histoire d'exil indicible avait cherché à voir le jour. Elle s'était écrite autour du silence, dans les intervalles des mots de la poésie, renouant quelques liens rompus sans chercher à combler les vides. Elle s'était écrite autour des ombres portées des personnages, comme découpées sur les murs blancs de Méditerranée éblouissante, aussi nettes qu'eux restés sinon invisibles du moins sans visage, réduits à quelques mots de pierres effondrées, mais rendus enfin à leurs identités et à leurs noms retrouvés.

Oui, libre, elle pouvait se sentir désormais.

Elle avait simplement aidé l'Agrégé, le poète, comme une sœur lointaine à faire ce chemin, trouvant sans doute ainsi le sien. Elle avait *porté son nom*, c'était bien la moindre des choses.

Il lui restait à finir ses bagages et fermer la maison. En partant, s'arrêter à l'église grecque, ajouter une étoile à sa voûte étoilée, une petite flamme qui brûlerait quelques heures sous le regard ami des icônes. Puis remonter vers le Nord de l'île en passant par les calanques *de Porto*, pour ne pas froisser César, longer toute cette côte Ouest en retrouvant à chaque instant le ravissement de l'enfance. Tête haute, en essayant de tenir à bonne distance la tristesse de partir. Gagner Île Rousse la bien nommée comme au premier jour, puisque cette fois, et par le hasard du calendrier, c'était de là que devait partir le bateau. Faire quelques pas avec le chien sur la plage avant d'embarquer, dans le clapotis transparent concédé à l'immobilité turquoise, en ramassant des dizaines de jolis morceaux de briques et de verre polis par la mer.

Et savoir qu'au fil des allers et retours entre île et continent, île et elle, un de ces chemins tracés gris sur bleu à la surface de l'eau les matins radieux la ramènerait toujours au cœur de ce village, dans une rue calme inondée de soleil aux bougainvilliers flamboyants.

Ne plus rien dire. Les mots, le silence. Une toile blanche tendue, abri de fortune sur une plage déserte, claquant au vent de sel, attachée à quatre branches polies, blanchies et roulées par les vagues. Dans le carré d'ombre un livre posé que les tourbillons de sable ou la main d'une invisible Antigone ont recouvert de l'antique poussière. En approchant on distingue quelques feuillets épars frémissants et prêts à s'envoler, les lettres d'un titre, scintillantes des grains de sable qui le cachent à demi. Algues et Fleurs. Les mots simples et légers ont traversé le temps. La nature comme dernier refuge. Algues et Fleurs, ici et pour toujours, ici et maintenant.

Remerciements :

A tous ceux et celles qui, proches ou lointains, m'ont aidée et guidée dans ma recherche, à toutes les personnes rencontrées qui ont contribué à faire exister cette histoire, un grand merci et toute ma reconnaissance pour leur générosité.

Achevé d'imprimer en juin 2011
par l'imprimerie du Pôle, Ajaccio – 04 95 22 36 72.

© 2011, Colonna édition. Tous droits de reproduction, d'adaptation et de traduction
réservés pour tous pays.